集英社オレンジ文庫

ゆきうさぎのお品書き

あじさい揚げと金平糖

小湊悠貴

本書は書き下ろしです。

もくじ

イラスト／イシヤマアズサ

序章　心乱れる店開き

三月二十三日、十四時五十九分。

その人は十数年の時を経て、ふたたび雪村大樹(ゆきむらだいき)の前にあらわれた。


大樹に声をかけてきたのは、五十代の前半くらいに見える男性だった。驚きに目を見開いていた大樹は、ややあって落ち着きをとり戻すと、まっすぐ相手と向かい合う。

「ああ、やっぱり大樹か。さっき参道で見かけたとき、もしかしたらと思ったんだ。声をかけるかどうかは迷ったんだが」

「……ご無沙汰(ぶさた)してます、零一(れいいち)さん」

「へえ、憶(おぼ)えていてくれたのか。前に会ったのは親父の葬式のときだから……」

「十二年前です」

「もうそんなにたつのか。あのとき、おまえはまだ高校生だったな」

大樹と相手が話している間にも、周囲の空気が次第に張り詰めていくのを、玉木碧(たまきあおい)は肌で感じていた。賽銭箱(さいせんばこ)の下で眠っていたトラ猫の虎次郎(こじろう)も、異変を察したのだろう。体を起こして立ち上がると、おびえるように、碧の足下に身を寄せる。賽銭箱の上に陣取る黒白猫の武蔵(むさし)は、ただ黙って成り行きを見守っていた。

（雪村さんの知り合い……というか、これは）

知人というより、おそらくは身内――血縁者だろうと思った。

なぜそう考えたのかといえば、その男性の顔が大樹とよく似ていたからだ。目尻や口元には加齢によるしわが刻まれ、頬はこけて血色が悪い。髪にもところどころ白いものが交じっていたが、目元や眉、鼻の形といったパーツのつくりはそっくりだった。

これだけ似通った造作の持ち主が、赤の他人だとは思えない……のだけれど。

（身内にしては、雪村さんの態度がおかしい）

大樹がまとう雰囲気は、碧にもはっきりわかるほど険悪だった。普段は温和で人当たりもよいだけに、はじめて見る負の面に動揺を隠せない。

零一と呼ばれたその人は、身長は大樹よりもやや低かったが、日本人男性としては平均的だ。薄手の黒い上着をはおり、ポケットに両手をつっこんでいる。

顔立ちは端整だったが、口元に生える無精ひげと疲れ果てたような表情が、すべてを台無しにしていた。身なりは普通なのに、目の奥に光が感じられない。そのせいか生気に乏しい印象があって、どこか危うく見えてしまう。

「それにしても、まさかこんなところで会うとは思わなかったよ」

ややしわがれてはいたが、よく聞いてみれば、声質まで大樹に近い。

「さっき家のほうに行ったら留守だったんだ。店も閉まってたけど、準備中の札が下がってた。空き家じゃなさそうだったし、店はいまでもやってるんだよな？」

いったん言葉を切った零一は、何かをこらえるような声で、静かにたずねた。

「おふくろはどこにいる？」

大樹がぐっと眉根を寄せた。わずかな沈黙を経て口を開く。

「やっぱり知らなかったんですね。祖母はもう、どこにもいませんよ」

「それは……」

「あなたの母親は……宇佐美雪枝は亡くなりました。三年半前の十月です」

淡々とした宣告を聞いたとたん、零一の表情が凍りついた。零一が何者なのかを察した碧もまた、思わず息を飲む。

先代女将の息子？　彼女の子どもは、大樹の母である毬子だけだと思っていた。

零一が毬子の兄弟なら、大樹にとっては、伯父もしくは叔父にあたる人だということになる。しかし、大樹はこれまで一度たりとも、彼について話したことはなかった。ほかの身内についてはいろいろと語っていたから、意図的に伏せていたのだろう。

「知らせたくても、あなたと連絡をとる手段がなかった。十二年前、祖父の葬儀には来てましたけど、遺産を受けとったらまた行方をくらませたでしょう」

「……………」

「それでも祖母が亡くなったとき、うちの両親は手を尽くしてあなたの居所を捜したんですよ。長崎に住んでいたことまでは突き止めましたけど、アパートはとっくに引き払ったあとだった。その先の消息がどうしてもつかめなくて」

大樹の口調は落ち着いていたが、握りしめたこぶしがかすかに震えている。大樹のそんな姿を見るのははじめてだったので、碧は激しくうろたえる。

(どうしよう……。これ、わたしが聞いていい話じゃない)

静かに立ち去りたいのに、足が動いてくれない。

「亡くなる何日か前、祖母は零一さんのことを心配していたんです」

大樹の言葉を聞くなり、零一がまさかと言わんばかりの顔になる。

「昔のことは気にしてないから、顔を見せに来ればいいのにって。連絡先がわかれば電話ができたのに。手紙のひとつも寄越さないで、どうしていまになって……!」

はっと我に返った大樹は、気まずそうに視線をそらした。相手をなじってしまった自分を恥じるように「すみません」とつぶやく。

「祖母の家にはいま、俺がひとりで住んでます」

「大樹が？　それじゃ、あの小料理屋は？　閉めてないなら誰が……」

「店は俺が継ぎました。仕事は大学のころから手伝っていたので」

零一が大きく目を見開いた。どこか感慨深げに、顎に手をあてる。

「まさか大樹が料理人になったとはな……。店を継いだってことは、土地の名義も？」

「はい。遺言書の通りに」

「遺言書……。まあ店をやってたんだから、当然ではあるか」

ひとりごとのように言った零一は、自嘲がこもった口調で続ける。

「おふくろのことも、覚悟はしてたよ。年齢的に、いつ迎えが来てもおかしくなかったからな。死に目に会えないどころか葬儀にも出なかったなんて、とんでもない親不孝者だ」

「そうですね。それについては同意します」

「三年半前ってことは、八十までは生きたのか。亡くなったのは病気で？」

「風邪をこじらせて肺炎にかかったんです。入院して治療はしたけど、高齢だったから乗り越える体力がなくて……。戻ってきたなら線香のひとつくらいはあげてください」

零一は「いや」と首をふった。おのれを皮肉るように口元をゆがめる。

「やめておくよ。家を飛び出して何十年も好き勝手にやってきた放蕩息子が、いまさら帰ったところで何になる？　おふくろはもういないし、遺影に手を合わせたところで、あの世から親父に叱り飛ばされるのがオチだ」

「だったらせめて墓参りを。場所は知っているでしょう」

「気が向いたらな」

そっけなく答えた零一は、くるりと踵を返した。

「零一さん！」

「おふくろがいないなら、あの家に行ってもしょうがないだろ。ここで大樹に会ったのは神様のお導きかね。神なんて信じてないけどさ」

「いま、どこに住んでるんですか？　住所が嫌なら電話番号だけでも教えてください。うちの母も口ではあんなこと言ったけど、本当は心配していて」

「姉貴か……。それもまた、気が向いたらな」

零一はこちらをふり向くことなく言うと、拝殿の前から立ち去った。

参道を歩く背中が、次第に遠くなっていく。追うように足を踏み出した大樹は、数歩進んだところでその場にとどまり、それ以上は動こうとしなかった。

「追いかけなくてもよかったんですか……？」

零一の姿が完全に見えなくなると、碧はおそるおそる声をかけた。呪縛が解けたかのようにに身じろぎした大樹は、少しの時間を置いてから、ゆっくりとこちらに顔を向ける。そこにいたのは、いつもと同じ、おだやかな表情をした大樹だった。

「……いいんだ。あそこで引き止めたとしても、あの人は何も教えてくれない。前もそうだったから。生きてることがわかっただけでも収穫だよ」

「でも」

「いいんだ」

大樹は少し強めに繰り返した。

「込み入った話を聞かせて悪かった。忘れてくれ」

だから、これ以上は触れないでほしい。言外に匂わされ、碧は言葉に詰まってうつむいた。こういうときには何を話せばいいのだろう。戸惑っていると、気まずくなった空気をふり払うかのように、大樹が「そういえば」と口を開く。

「タマ、俺に何か話があったんじゃないのか？　遅くなったけど聞くよ」

不意打ちの申し出に、碧は「えっ」と肩を震わせた。

勇気を出して気持ちを伝える決意はしたけれど、この状況でそんな話をしてもいいのだろうか。――いや、無理だ。普段通りに見えても、零一に会ったことで、大樹の心はきっとかき乱されている。今日はこれ以上、困らせることをしたくない。

下唇をきゅっと噛(か)みしめた碧は、顔を上げるとにっこり笑った。

「ごめんなさい。なんでもないです」

「え？　でも、大事な話だったんじゃ」

「いまするべきじゃないなって思ったから。もう少しだけ待っててもらえませんか？」

「タマ、それは――」

大樹がさらに言いかけたとき、参拝客がこちらに近づいてきた。ここにいると邪魔になりそうだったので、碧は大樹の服の袖を引いて「行きましょう」とうながす。

（わたしの話は、また日をあらためよう）

大樹のそばに蒔いた種は、気がついたときには芽吹いていた。長い時間をかけて大事に育て、ようやく花開いた気持ちだから、落ち着いて考えてもらえるときに伝えたい。

――いまはこうするしかなかったよね？

賽銭箱に目をやると、武蔵と虎次郎はいつの間にかいなくなっていた。

ここぞというタイミングを逃すと、かき集めた勇気も消えてしまうのか。

四月に入って大学がはじまり、さらに数日がたっても、碧はなかなか自分の想いを打ち明けることができずにいた。六月に迫った教育実習の準備と、七月に受ける教員採用試験の勉強に集中するため、今月からバイトを週一に減らしたのも理由のひとつだ。

（しかたがないんだけど、雪村さんと会う機会が減ったのはさびしいなー……）

火曜日の午後、自室の机で問題集と格闘していた碧は、ちらりと卓上カレンダーに目をやった。バイトがある日にはしるしをつけているが、今月は悲しくなるほど少ない。夏までは予定が詰まっているため、これから数カ月はこんな感じだ。

ため息をついた碧は、椅子(いす)を引いて立ち上がった。

外の空気が吸いたくなって、ベランダに出る。碧が住んでいるマンションの前には車道があり、その脇は桜並木になっていた。三階のベランダから見下ろすと、例年よりもはやく満開を迎えた桜の花はすでに散り、青々とした葉が風に揺れている。

（わたしの進路が決まるまでは、保留しておいたほうがいいのかも）

講義はほとんどなくても、大学四年ともなると、学生は卒論や就活で忙しい。同じ大学の友人やゼミ仲間たちも、将来を見据(みす)えてそれぞれ動いている。

早々に内定をもらえれば余裕も生まれるが、碧は一般企業への就職ではなく、国公立の学校で働く教員をめざしている。そのため企業説明会に行ったり、エントリーシートに記入したりすることはしていなかった。

卒業に必要な単位は、大部分をとり終えている。このまま何事もなく卒業すれば、目標の教員免許状を取得できるだろう。碧が願書を出した採用試験は、中学と高校、両方の免許を取得する見込みがないと受けられない。とっておかなければならない単位は多かったが、尊敬している亡き母も通った道だと、必死になって勉強した。

時は確実に流れている。いつまでも気楽な学生のままではいられない。しばらくは自分の気持ちを封印し、やるべきことに集中しよう。

「とはいっても、気分転換は必要だよね」

部屋の中に戻った碧は、ぐうぐう鳴りはじめたお腹(なか)をなだめながら、キッチンに向かった。勉強で頭を使ったから、何か甘いものを食べて癒(いや)されたい。お菓子ならすぐ近くのコンビニで売っているけれど、碧にとっては料理という行為そのものが息抜きになる。

凝(こ)ったものに挑戦すると疲れてしまうから、簡単につくれるものがいい。

(そういえば、冷凍庫に白あんが残ってたっけ)

少し前まで「ゆきうさぎ」で出していた白あんと抹茶(まっちゃ)のおしるこが気に入ったので、レシピを教えてもらい、自分でつくってみたのだ。そして冷蔵庫の中には、大樹から分けてもらった手づくりのいちごジャムが詰まったガラス瓶(びん)が入っている。

よし、とうなずいた碧は、戸棚から市販のホットケーキミックスが入った箱をとり出した。ボウルに卵を割り入れて溶きほぐし、蜂蜜(はちみつ)と牛乳——は切らしていたので、父が飲んでいる豆乳をそそいで泡立てる。

なめらかになったら粉を加え、ざっくりと混ぜ合わせた。タネができると、熱しておいたホットプレートに、お玉ですくった生地を流し入れる。フッ素加工がほどこされているから、油はひかなくても大丈夫だ。

丸く広がった生地は普通のホットケーキよりも小さく、手のひら大。蓋をしてしばらく待つと、表面にぷつぷつと気泡が出てきた。蓋を開けたと同時に、ふわっと広がる甘い香りに口元がほころぶ。

タイミングを見極めてひっくり返したが、少しだけ焼きムラができてしまった。

「うーむ……。意外とむずかしい」

生地が焼き上がると、二枚を使って、先につくっておいた餡を挟んでいく。解凍した白あんと大樹のジャムを練り合わせ、可愛いピンク色になったいちご餡だ。上下を軽く押さえて形をととのえ、自分が食べるぶん以外は、乾燥を防ぐためにラップで包む。

――はじめてにしては、まあまあだろうか。

できあがった自家製のどら焼きは、和菓子屋で売っているような美しい商品とくらべれば、形は悪いしムラもある。

だが試食してみると、生地は思っていたよりしっとりしていておいしかった。春らしいいちご餡は、上品な白あんとジャムの甘酸っぱさが、舌の上でなめらかに溶け合う。白ゴマヤナッツを混ぜたり、泡立てた生クリームと合わせたりしてもよさそうだ。

手づくりのお菓子や料理は、できたてを味わえるのが何より嬉しい。小腹が満たされた碧は、満足してほうっと息をついた。どら焼きはまだいくつか残っている。

(これ、雪村さんにも食べてもらいたいな)

十四時を過ぎていたので、昼間の営業は終わっている。休憩時間のお茶請けとして差し入れすれば、迷惑にはならないだろう。

大樹の顔を見たかったこともあり、碧はいそいそと支度をはじめた。

どら焼きは形がくずれないよう保存容器に詰め、家にあった桜柄の風呂敷で包んだ。ラフな部屋着から外に出てもおかしくない服に着替え、適当にまとめていた髪をきれいに結び直す。仕上げに大樹からもらった水色のシュシュをつけた碧は、姿見で自分の格好を念入りにチェックしてから家を出た。

自転車にしようかと思ったが、天気がよかったので歩いて行くことにする。包みを手にした碧は、あたたかな春の陽気に心をはずませながら「ゆきうさぎ」に向かった。

樋野神社の前を通ると、鳥居の下に武蔵がいた。気まぐれにふらりと「ゆきうさぎ」にやってくる猫だが、ねぐらはこの神社の中にあるようだ。日当たりのよい場所に寝そべって、のんびりとまどろんでいる。

さらに進んでいくと商店街に入り、「ゆきうさぎ」が見えてきた。営業時間外だから暖簾(のれん)は出ていない。この時間帯に食材や酒類の納品があったり、商店会の人がたずねてきたりするため、大樹は基本的に店内で休憩している。

碧がさらに近づこうとしたとき、ふいに出入り口の格子戸(こうし)が開いた。

中から出てきたのは、ひとりの男性だった。こちらに背を向け、駅のほうへと歩いていく。顔までは見えなかったが、その後ろ姿には見覚えがあった。

――零一さん……?

大樹の叔父だという、宇佐美零一。

家には帰らないと言っていたが、気が変わってお線香をあげに来たのだろうか？　大樹は叔父に対して、よい感情を抱いているとは思えなかったけれど……。

なんだか不安になって、碧は小走りで店に近づいた。おそるおそる格子戸を引く。

「こんにちは。雪村さ――」

そっと中をのぞいた碧の言葉が、途中で切れる。

大樹は小上がりに近いほうのテーブル席に座っていた。テーブルに片肘(ひじ)をつき、指先で右のこめかみを押さえている。

静まり返った店内。虚空(こくう)を見つめるその表情は、かつてないほど険しかった。

第1話　去りゆく春の桜蒸し

碧が「ゆきうさぎ」をたずねる、約一日前――

昼間の営業を終えた大樹は、パート従業員の鈴原百合と、いつものように小上がりで向かい合っていた。座卓の上では、残り物を使った賄い料理が湯気を立てている。

「これ、白いご飯とすごく合いますねえ……。郁馬にもつくってあげようかしら」

大樹がつくったおかずを噛みしめて、百合が幸せそうに表情をゆるめる。

薄切り牛肉の消費期限が迫っていたので、下味をつけてから、棒状に切ったごぼうとにんじんを巻いてフライパンで焼いた。ごぼうの産地として知られていた京都の地名にちなみ、八幡巻きとも呼ばれているそれは、おせち料理の一品としても人気だ。醤油や砂糖を絡めて甘辛く味つけした牛肉は根菜と相性がよく、体をあたためる効用もある。

「よかったら、レシピをメモしておきますか？　意外と簡単ですよ」

百合は「ぜひお願いします」と即答した。

「あの子、私の帰りが遅いときは、ご飯を炊いてお味噌汁も用意しておいてくれるんですよ。おかずは私が買ってきたお惣菜が多いんですけど、試しに玉子焼きとか野菜炒めのつくり方を教えてみたら、ぐんぐん上達して」

「まだ六年生になったばかりなのにえらいですね。俺なんか小学生のころは食べるばっかりで、自分で料理しようなんて考えたこともなかったな」

「私もそうでしたよ。小学生ならそれが普通ですよね」

　息子のことを考えているのだろう。百合は複雑な表情で続ける。

「あんまり無理はしないよう言ってるんですけど……。ただでさえ、親の都合で苦労をかけてますし。気を遣ってくれるのはもちろん嬉しいですよ。でも、やっぱり子どものうちは何も考えないでお友だちと遊んでいてほしいなって」

　百合は諸事情あって、現在は夫と別居している。

　不仲というわけではない。一緒に住んでいた義父が認知症になってしまい、百合と郁馬に危害を加える恐れがあったからだ。息子を守るため、鈴原夫妻は一時的に離れて暮らすことを決めた。はじめは百合の実家に身を寄せていたが、半月ほど前にそこを出て、いまは商店街の近くにあるアパートに移り住んでいる。

　自営業で負った借金を返済中の夫には頼らず、非正規で働く彼女がひとりで息子を養うのは、とても大変なことだろう。高い給料を支払うことは予算の都合上むずかしいが、できる限りの力になりたくて、店で出した料理の残りや余った食材を分けている。育ち盛りの子どもには、栄養のあるものをたっぷり食べてもらって、元気に成長してほしい。

「あ、そうそう。雪村(ゆきむら)さん」

食事を終えた百合が、何かを思い出したような顔で箸(はし)を置く。

「夜のシフト、週二でしたら入れますよ。スーパーの仕事、ちょっと減らしたので」

「いいんですか？　助かります」

大樹はほっと胸をなで下ろした。今月から碧のシフトが変わったため、少し手が足りなくなっていたのだ。新しいバイトを雇おうかとも思ったが、いまは新人ではなく即戦力がほしかった。だからダメ元で、百合に打診してみたのだ。

「郁馬がいるので、できれば九時くらいまでがいいんですけど……」

「もちろん、そこは配慮します。九時過ぎはお客さんも少なくなるから、俺ひとりでも大丈夫ですよ」

店がもっとも忙しいのは、十九時から二十一時の間だ。その時間帯に働いてもらえるのなら、なんの問題もない。百合と郁馬のアパートはここから歩いて五分ほどなので、仕事が終わればすぐに帰宅できる。

大樹はエプロンのポケットに入れていたシフト表をとり出した。広げて予定を確認していると、百合がふたたび話しかけてくる。

「タマちゃん、四年生になったんでしたっけ。就活ですか？」

「ええ。教育学部で教職課程をとってますから、受けるのは教員採用試験ですけど。タマのお母さんが教師だったんですよ。いい先生だったみたいで、同じ道に進みたいんだって言ってました」

「先生ですか！　あの子、真面目でしっかりしてるから似合いそう」

　普段の碧はおっとりのんびりしているが、実はかなり勉強ができる。通っている大学も大樹の出身校より偏差値が高かった。

　意外にも理系で、専門は数学。いつだったか、休憩時間に大学の課題を見せてもらったが、むずかしすぎてわけがわからなかった。しかし碧はなんてことのない顔で猛然とペンを走らせながら、こんなことを言っていた。

「自分で料理をするようになってからわかったんですけど。料理と数学って、けっこう似てるなあって思うんですよね」

「どういうことだよ」

「料理ってレシピ通りにつくれば、まあまあおいしくできるじゃないですか。見栄えよくつくるには技術やセンスがいりますけど。ちゃんとしたレシピがあって、きっちり分量をはかった上で正しい手順を踏みさえすれば、素人でもそれなりの味を出せます」

「言われてみれば、たしかにそうだな」

「数学も同じですよ。公式や定理を正しく当てはめて、手順通りに進んでいけば、最後には答えが導き出せます。基本問題を繰り返し解いていくことで、いつかは応用問題にも対応できるようになる。料理で言えばアレンジですね。どうすればよりおいしくなるか、自力で解法を見つけられるようになるわけです。考えただけで燃えてきますね！」

「な、なるほど」

興奮気味に語る碧を見て、やはり彼女は理系なのだと思った。理論ではなく自分の感覚を大事にする大樹とは、料理に対する考え方がだいぶ異なるらしい。

碧の父親は薬学部を出ているし、玉木家は何気に秀才ぞろいだ。しかし父娘ともに、それを鼻にかけることはまったくなかった。そんなところも、ふたりが「ゆきうさぎ」の常連たちから好かれる理由のひとつだ。

そんなことを考えていた大樹に、百合が問いかけてくる。

「雪村さんも大学まで行ったんですよね。なんの学部だったんですか？」

「経済学部の経営学科です。そのときは実家の旅館を継ぐつもりだったので」

「でも、結果的には役に立ったじゃないですか。旅館と小料理屋の違いはあるけど、経営者ってことは同じだし」

「スケールはかなり違いますよ。跡継ぎになった弟夫婦は大変そうです」

苦笑した大樹は、食べ終えた食器を重ねて立ち上がった。厨房に戻って食器を洗っていると、百合も手伝ってくれる。

ご飯を盛りつけていた茶碗は、碧が選んで買ってきたもの。店名にちなんで、うさぎ模様の食器を増やそうとはりきっていた。棚の中では、彼女がこの三年でコツコツ集めたコレクションの数々が、その存在を主張している。

「まだ先のことですけど、タマちゃんが卒業したらさびしくなりますね」

「そうですね……」

「雪村さん。一年って、あっという間に過ぎますよ」

うさぎの茶碗を手にした百合は、ガーゼの布巾で丁寧に水滴を拭う。

「そのとき何がどうなっているのかは、まだ誰にもわかりません。一年もあれば、人の気持ちは変わります。手放したくない大事なものは、いまのうちにしっかりつかまえておいたほうがいいんじゃないかしら」

「………」

「お節介でしょうけど、やっぱり気になるんですよ。ごめんなさいね」

微笑んだ百合は、何事もなかったかのように作業を再開した。決定的な言葉こそなかったが、そこに含まれた真意は察せられる。

（俺の態度、スズさんにもわかるくらいバレバレなのか？）

　碧のことに対しては平常心を装っているつもりだったが、もしかしたらいろいろとダダ漏れしているのかもしれない。まさか、碧本人も気づいているのでは――そう思うと羞恥のあまり、穴を掘って埋まりたくなる。

「あらら、照れ顔なんて貴重なもの見ちゃったわ。雪村さんって意外と純情なのね」

「スズさん……からかわないでくださいよ。中高生じゃないんですから」

「はじめてでもないでしょうに。思春期みたいで可愛いわー」

　微笑ましそうに目尻を下げた百合は、「でも」と続ける。

「雪村さん、女性のお客さんからのアプローチはすごく上手にかわしてますよね。あれを見てると、特に奥手だとも思えないんですけど。あの様子だと、私が知らないところでもいろいろありそう。そのあたり、実際はどうなんですか？」

「……どうでしょうね。客商売に慣れてるだけかもしれませんよ？」

　なんとか調子をとり戻した大樹は、これ以上余計なことは言うまいと、意味ありげに笑ってはぐらかした。

「それはそうとスズさん、来年で三十になる男に『可愛い』ってひどくないですか」

「これでも褒めてるんですよ？　タマちゃんと上手くいくといいですね」

歳が八つも離れているということもあるだろうが、なんだか姉にはげまされているような気分になる。どう答えるべきか考えていると、察した百合はさりげなく話題を変えてくれた。その後はおだやかに時が過ぎ、帰っていく彼女を見送る。

（シャワーでも浴びるか……）

変な汗をかいてしまったので、気をとり直すためにもさっぱりしたい。

大樹は格子戸に内鍵をかけ、休憩室を通り抜けて母屋に入った。バスルームに向かおうとしたとき、玄関の呼び鈴が鳴る。

インターホンで応じると、たずねてきたのは郵便局の配達員だった。

「雪村さんでよろしいでしょうか？　こちらに印鑑かサインをお願いします」

玄関先でうながされるまま、配達員が差し出した受領書に判を押す。郵便物を受けとってドアを閉めた大樹は、手にしていた封筒に目を落とした。

――配達証明？

自分に宛てられた封筒の表には、赤いスタンプが押されていた。

たしかこれは、確実に手紙を届けたという事実とその日付を、郵便局が証明してくれるためのサービスだ。主に内容証明を送るときに利用され、たとえ受けとりを拒否して送り返したとしても、差出人の意思は到達したと認められるはず。

封筒を裏返した大樹は、記されていた差出人の名を見るなり眉をひそめる。

「宇佐美零一……」

頭の中に、樋野神社で再会した叔父の姿がよみがえる。

記憶にある容姿よりもだいぶ老けてはいたが、自分と顔が似ていることもあり、誰なのかはすぐにわかった。これまで一度も手紙など送ってきたことがなかったのに、なぜいまになってこんなものを？

母から聞いた話によると、叔父は二十歳のころ、親に無断で大学を中退したことが原因で、祖父とかなり揉めたそうだ。高い学費を支払ってもらっておいて、それを勝手に無駄にしたのだから、祖父が怒るのも無理はない。

堅実な道に進んでほしかった祖父と、自分の好きなように生きると言った叔父。ふたりの間には決定的な亀裂が入り、関係がこじれたあげく、祖父は叔父を勘当した。実家を出て行った叔父がそれからどうなったのか、大樹は知らない。

その後は長く音信不通が続き、叔父がふたたび祖母の前に姿をあらわしたのは、祖父が亡くなったことを伝えてからだった。大樹たち親族は知らなかったのだが、実は祖父が生きていたころから、宇佐美家には叔父から定期的に電話がかかってきていたらしい。完全に連絡を絶っていると思っていたが、そうではなかったのだ。

　祖母が言うには、叔父は家を出たあと結婚して、大樹と同い年の娘がいるという。祖父の葬儀に参列したのは叔父だけだったので、妻子にはまだ会ったことがない。

「お母さんたちにさんざん心配かけたくせに、お父さんの遺産が転がりこむってわかったとたんにあっさり戻ってくるなんて。そんなにお金がほしかったの!?」

「落ち着きなさい、毬子(まりこ)。相続権があるんだから、受けとるのは当然でしょう」

「わかってるけど……!」

　分割協議が行われた際、激高(げっこう)して叔父をなじる母を、祖母が悲しそうな表情でなだめていたことを憶(おぼ)えている。当の叔父はうつむいたまま、謝罪も言いわけもすることなく、協議が終わってしばらくしてから姿を消した。法律に則(のっと)って分配された父親の遺産——数百万の現金を、しっかり相続したあとに。

　それからも祖母のもとには、年に一度は叔父から電話が来ていたようだ。しかし、叔父は自分の連絡先を教えていなかったため、祖母が亡くなったときにこちらから伝えることができなかった。調査会社に頼んだが足取りはつかめず、現在に至っている。

　その叔父が、唐突に送りつけてきた郵便……。

　嫌な予感が背筋を駆け抜け、大樹は封筒を手にしたまま、早足で居間に入った。ハサミを使って封を開ける。

中から一枚の書類をひっぱり出して広げると、ワープロソフトで打ちこまれた一文が視界に飛びこんできた。

『遺留分減殺（いりゅうぶんげんさい）請求書』

「なんだこれ……」

なじみのない言葉に、ますます眉間（みけん）にしわが寄る。

はじめは意味がわからなかったが、その下に記されていた文章を読んでいくうちに、何を請求されたのかを理解する。同時に頭から血の気が引いていくのを感じた。書類を持つ手に力が入り、紙が少しよれてしまう。

とにかく、まずは情報収集をしなければ。大樹はスマホの画面に単語を打ちこんだ。

ネットで調べてみたところ、「遺留分」というのは、法定相続人に確保された最低限の遺産取得分だという。その請求をされたら、たとえ遺言があったとしても、定められた割合の遺産を返さなければならないそうだ。

書面には祖母が亡くなった日付が記され、大樹がほぼすべての遺産を手にしたことに触れていた。孫は本来、相続人にはなれないが、正式な遺言があれば認められる。祖母は生前にしたためておいた遺言書を、知り合いの弁護士にあずけていた。

祖母の預金は店の経営でほとんど使い果たされていたため、大樹が譲られたのは現金ではない。宝石や美術品、有価証券などでもなかった。

自分が受け継いだのは、この土地と建物。そこには当然、「ゆきうさぎ」も含まれている。法定相続人のひとりである母は、遺言に不服を申し立てることはなかったから、特に大きな問題もなく名義を変更することができたのだが……。

(先代が遺したのは不動産だ。簡単に分けられるものじゃない)

叔父は祖母の実子だから、遺留分の割合は四分の一。しかし土地価格だけでも数千万なので、四分の一でもかなりの大金になってしまう。いまの自分にそんな蓄えなどない。

——まさか、この土地を売却して、そこから支払えとでも言うのか?

ぞっとした大樹は、小さく身震いする。

自分はこれからどうすればいいのか。封筒に記載された住所は山梨県の甲府市だが、消印は都内になっていた。もしやこの近くにいるのだろうか?

叔父が法定相続人である以上、遺産を受けとる権利を主張してもおかしくはない。

けれど母が言っていた通り、あれだけ祖母に心配をかけておいて、亡くなったら金を寄越せだなんて勝手すぎる。こんな要求、とうてい受け入れられるはずがない。

歯を食いしばった大樹は、ふたたび書面に目を落とす。

『亡き母、宇佐美雪枝(ゆきえ)は、以下の財産を貴殿に遺贈(いぞう)しました。遺言は私の遺留分を侵害するものです。よって貴殿に対し、遺留分減殺請求をいたします』

並べ立てられた無機質な文字が、大樹をじわじわと追いつめはじめた。


寝つけなかった夜が明けると、大樹は気だるい体を叱咤(しった)して厨房に入り、仕込みにとりかかった。十時少し前に出勤した百合は、こちらの顔色が悪いことに気づいて「寝不足ですか?」とたずねてきたが、事情を話すわけにはいかない。

「気のせいでしょう。ちゃんと眠れましたよ」

「だったらいいんですけど……」

嘘(うそ)をつくのは心苦しかったが、大樹は笑ってごまかした。

「寝る前に一杯やったせいで、ちょっと顔色がくすんでるかもしれませんね。酒が抜ければ元に戻りますよ」

叔父のことはひとまず置いておくとして、いまはいつも通りの仕事をしよう。せっかく来店してくれたお客に、気の抜けた食事を出したら料理人の恥だ。心の中で自分に言い聞かせながら、大樹は仕込みに集中した。

今週のランチで提供している魚料理は、夜のお品書きでもとり扱っている鰆を、塩麹と砂糖、酒とみりんを混ぜたタレにひと晩漬けこみグリルしたもの。そこに炊きたての白米と味噌汁、漬物を添えた定食だ。すでに味がついているので、注文が入った時点で焼けばいい。残った場合はその日の夜に回していた。

鰆は冬のほうが脂の乗りがよく、身もやわらかくてこってりしている。関東ではとろけるような舌ざわりの寒鰆が好まれているが、関西や瀬戸内などでは、あっさりと上品な味わいを楽しめる春鰆が旬のようだ。それぞれの特徴に合わせて料理をすれば、どちらも素材の魅力が活かされ、旨味を引き出すことができる。

（豚汁はあと少しだな）

このところ野菜の価格が高騰しているため、利益を考えるとあまり贅沢に使えないのがもどかしい。葉物よりは根菜のほうがまだ安いので、最近はよく使っている。具だくさんの豚汁定食には、出汁をたっぷり含ませて焼き上げただし巻き玉子を添え、それでも安く提供できるよう工夫していた。

豚汁をつくるときは先にゴマ油で根菜を炒め、あとから豚バラ肉も加える。炒め終えた具材を鍋でぐつぐつ煮込んでいると、背後から百合が話しかけてきた。

「雪村さん、そろそろお味噌入れましょうか？」

「そうですね。お願いします」

コンロの火を弱めた百合が、合わせ味噌を溶かしはじめた。このあとに、水で戻してペースト状になった酒粕を隠し味として加えると、「ゆきうさぎ」の味になる。

豚汁の仕上げは彼女にまかせ、大樹は日替わり定食の下ごしらえにとりかかった。

生姜とニンニク、長ネギはみじん切りにして、調味料と絡めてソースをつくる。鶏モモ肉を漬けこんで味つけしてから油で揚げ、最後に自家製ソースをたっぷりかければ、香味野菜の芳醇な香りが食欲をそそる油淋鶏の完成だ。

仕込みを終えて開店時刻を迎えると、すぐにお客が入りはじめた。

「あー腹減った。大ちゃん、今日の日替わり定食って何？」

「スズちゃん、おれは豚汁定食ね！　ご飯はいつも通りの大盛りで」

顔なじみの常連客が集まり、店内が心地のよい活気に包まれていく。忙しく仕事をしているうちに、脳裏から叔父の姿はすっかり消え去っていた。

(今日はお客が多かったな。日替わり定食は早々に完売したし)

ラストオーダーの時刻が近づくころには、店内は正午のにぎやかさが嘘のように静かになっていた。食事済みの皿やコップがたまっていたので、流しで洗う。今日も大きなミスやクレームはなく、無事に終えることができそうだ。

　ほっとして肩の力を抜いたときだった。ガラガラと音を立てて戸が開く。

　顔を上げて「いらっしゃいませ」と言いかけた大樹は、中に入ってきたお客の顔をひと目見るなり動きを止めた。硬直する大樹にかまうことなく、彼はゆったりとした足取りでこちらに近づいてくる。

「へえ、料理人になったっていうのは本当だったんだな」

　なおもあぜんとしていると、お客――零一は不愉快そうに眉をひそめた。

「化け物にでも遭ったみたいな顔やめろ。ところで、この店は食事に来た客に挨拶もしないのかい」

「食事……？」

「そうだよ。空腹で倒れそうだ。せっかくだから大樹の料理を食べてみようと思ってさ」

　言いながら、零一はカウンター席の椅子を引いて腰かける。

　何を考えているのだと思ったが、食事をしたい人が席に着いた以上、相手が誰でも差別はしない。湯呑みとおしぼりを零一の前に置いてから、大樹は遠慮がちに伝える。

「すみません。もうオムライスしか残ってないんです」

「なんでもいいよ。腹がふくれるなら」

「……わかりました。少々お待ちください」

答えた大樹は、百合に頼んで大根をすりおろしてもらう。それから冷蔵庫の扉を開けて中から卵とバターをとり出した。

大樹がつくるオムライスは、一般的な洋食屋で出されるものとは趣(おもむき)が異なる。まずは中華鍋にバターを溶かし、あらかじめ下ごしらえしておいた鶏肉とタマネギのみじん切りを炒めた。さらにご飯を加えて炒め合わせ、醤油を回しかける。完成したバター醤油ライスはいったん皿にとり、今度はフライパンに手を伸ばす。

(見られてる……)

カウンター席は厨房と近いため、零一の鋭い視線を感じた。お客から観察されるのは慣れているが、相手が叔父だとそわそわする。これまでのお客は純粋な好奇心を向けてきたが、いまは実力を試されているような気がしたのだ。

気合いを入れ直した大樹は、心を落ち着かせてから調理を再開する。

熱したフライパンには調味料を加えた卵液を流し入れ、半熟になったところでライスを載せた。コンロからフライパンを浮かせて端に寄せ、手にした皿の上にひっくり返す。

つややかな黄色のオムライスからは、バターと醬油、そして卵の香りがただよう。形をととのえてから、百合が用意してくれた大根おろしを添え、小ネギを盛りつけた。仕上げにポン酢をかければ、「ゆきうさぎ」特製オムライスのできあがりだ。ライスは少し濃いめの味つけだが、大根おろしとポン酢でさっぱりと食べられる。

「お待たせしました」

食器を置くと、零一は湯気立つオムライスに目を落とした。

「和風か」

「小料理屋なので。昼間は洋食をアレンジしたものも出してるんです。オムライスは西洋料理を元にして、日本で生まれたものですけど」

「ドリアやナポリタンと同じだな。肉じゃがのルーツもビーフシチューだし」

意外に詳しい。内心で驚く大樹の前で、零一はオムライスをじっと見つめてからスプーンをとった。ライスを包む薄焼き卵にスプーンを差しこむ。

「あんまりじろじろ見ないでくれないか。食べにくい」

我に返った大樹は、失礼しましたと言って視線をそらした。食器の触れ合う音が、かすかに聞こえてくる。しばらくは話しかけないほうがよさそうだ。

時計を見ると、時刻はじきに十四時。お客は零一以外、誰もいない。

店の外に出た大樹は、格子戸にかけていた「営業中」の札をひっくり返した。

(まさか、食事をするためだけに来たってわけじゃないよな)

前日にあんなものを送ってきたのだから、このあとに本題をふってくるに違いない。暖簾をとりこみ店内に戻った大樹は、洗い物をしていた百合に声をかけた。

「スズさん、ちょっと」

話を聞かれたくなかったため、少しはやかったが退勤してもらう。「わかりました」とうなずいた彼女は、すぐに帰り支度をして店を出た。自分と叔父の間に流れる微妙な空気は察していただろうが、いっさい触れずにいてくれたのでありがたい。

百合を見送った大樹は、ふたたび厨房の外に出た。濡れ布巾でテーブルを拭いていく。

「ごちそうさん」

しばらくすると、食事を終えた零一がそう言った。こちらに背を向けているので、表情はうかがえない。料理が口に合ったのかどうかもわからない。長い沈黙に業を煮やした大樹は、作業の手を止め、みずから話を切り出した。

「昨日、内容証明が届きましたよ。先代……祖母の遺産の遺留分がほしいとか」

「当然の権利だろ。俺は一円も受けとってないんだ」

「それは零一さんが自分の意思で、居所を教えなかったからでしょう?　このまえも言いましたけど、祖母は遺言書をつくっていたんです。店を継ぐことを条件に、この土地と建物を俺に遺贈するって内容で。祖母が生きていたころからの約束でした」

——大樹。あなた、このお店を継ぐ気はある？

真剣な顔の祖母と話をしたのは、大学三年の終わりごろのこと。

大学に入り、祖母の家で居候をはじめたときは、「ゆきうさぎ」での仕事は家賃と引き換えにした単なるバイトに過ぎなかった。長男の自分は雪村家の跡取りとして育てられたし、経営学を学んだのもそのためだ。

けれど「ゆきうさぎ」で働いているうちに、気持ちは少しずつ変わっていった。もっと料理の腕を上げたい。店に来てくれるお客たちと交流し、縁を結んでいくのも楽しい。できることなら、卒業してもここで働きたい。そんなことを思うようになっていた。

「本気で『ゆきうさぎ』を守っていく意志があるなら、私の死後にこの土地の権利を譲りましょう。旅館を継ぎたければそうしなさい。決めるのはあなたよ」

大樹が自分の気持ちを伝えると、祖母はとてもよろこんでくれた。大学を卒業してからは正式な後継者として扱われ、仕入れや帳簿付けといった重要な仕事もまかせてもらえるようになった。担当の税理士や商店会の会長に紹介されたときは、一人前の大人になれた気分で嬉しかったことをよく憶えている。

零一がゆっくりとした動作でふり向いた。

「それ、姉貴も納得したのか?」

「はい」

「遺留分だけでもかなりの金額になるのに、文句のひとつも言わずに?　いくら息子が相手とはいえ、太っ腹にもほどがあるだろ」

「母は土地に興味はありません。形見の品をいくつかもらえればそれでいいと」

葬儀のあと、親族の間で形見分けが行われたが、母が持ち帰った遺品は数えるほどしかなかった。祖母が特に気に入っていた着物と帯、そして祖父が銀婚式の記念に贈ったという、小さなダイヤがついたネックレス。それだけあればじゅうぶんだと。

祖母が「ゆきうさぎ」をどれだけ大事に思っていたのかを、母はよく知っていた。だから大樹が旅館を継がないと言ったときも怒らなかった。大女将(おかみ)である父方の祖母からは反対されたのだが、両親が説得してくれたのだ。そういうことなら、旅館は自分が継ぐと言ってくれた弟の存在もありがたかった。

大樹が「ゆきうさぎ」の店主でいられるのは、家族の理解と協力があったからだ。

「姉貴は昔から、金にはほとんど執着しない。そのあたりはおふくろ似だな」

唇をゆがめて笑った零一は、「けど」と続ける。

「あいにく俺は、おふくろや姉貴みたいに性格がよくないし、欲深だからな。獲れるものはきっちり獲るし、身内だろうと遠慮はしない」

「俺は、この土地を売る気なんてさらさらないですよ」

強めの口調で牽制したが、零一は眉ひとつ動かさない。

「だったら代わりはあるのか？　俺は別に土地そのものがほしいわけじゃないんだ。遺留分の金額になるなら、現金だろうと骨董だろうとなんでもかまわん」

「うちにそんなものがあるとでも？　俺の預金なんてたかが知れてるし、価値の高い骨董品もありません。零一さんも知ってるでしょう。祖父母はこの店に老後の人生を賭けたんです。退職金と預金のほとんどをこの店につぎこんで」

「そうみたいだな。でも、ふたりともいまは彼岸の住人だ。死んだ人間はもう、絶対に戻ってこない。生前の財産もあの世には持って行けない。だったらいま生きてる身内が、遺されたものを手に入れようとして何が悪いんだ」

叔父の言い分は、特に理不尽なものではない。遺産をもらえなかった法定相続人としては当然の訴えだとは思う。しかし——

「遺産が土地しかないなら、それを売って金に換えろ」

「嫌です」

大樹はきっぱりとはねのけた。一方の零一は、軽く肩をすくめただけだ。

「売らずに共有名義にして、そのぶんの家賃を請求するって手もあるけどな。不動産の共有はたいてい、後々面倒なことになるぞ」

そこはたしかに、零一の言う通りだと思った。ひとつの土地を共有したとしても、相手は零一だ。上手くいくはずがない。昨日、情報収集のために買った本にも、共有はしないほうがいいと書かれてあった。

だが、売却を逃れるためにはそれしかないのか。大樹はなおも足掻（あが）こうとする。

「昨日のうちに調べました。遺留分の請求期限は一年です。祖母が亡くなってから、もう三年半になりますが」

「おいおい、ちゃんと調べたのか？　一年っていうのは、『遺贈があったことを知ってから』の期間だろ。俺がおふくろの死を知ったのはいつだ？　先月、ほかでもないおまえが教えてくれたじゃないか」

「…………」

「とはいえ、このあたりは解釈がむずかしいからな。客観的に証明するのは骨が折れるだろうけど。こういうことが起こりうるから、もうひとつの時効があるわけだ。最終期限の十年は、まだ過ぎてない」

（やっぱり無理か……）

ダメ元で鎌をかけてはみたものの、さすがにその法律に関しては、零一もきっちり調べ上げているようだ。法に則って内容証明を送ってきた点からも、正攻法で遺留分を手に入れようとしているのだということがわかる。

下唇を噛んだとき、零一が椅子を引いて立ち上がった。

「俺は人が悪いし欲深だけど、鬼ってほどじゃない。だからこうして話し合いに来たんだぞ。穏便に解決できるなら、それに越したことはないしさ」

「零一さんにとっての解決は、俺が素直に土地を売却することですよね？」

「まあ、そういうことになるな」

「だったら無理です。なんと言われようとも、それだけはできません」

予想はしていたのだろう。全力で拒絶された零一が、大げさにため息をつく。

「交渉決裂か。しかたがないな。あんまり大事にはしたくなかったんだが」

「……裁判ですか」

「意地でも嫌だって言うなら、最終的にはそうなる。こっちにも準備があるし、いますぐにってわけじゃないけどな。とりあえず、しばらく考えてみてくれないか。気が変わったら、ここに連絡すればつながる」

零一は財布から抜き出したメモ用紙を、千円札と一緒にカウンターの上に置いた。釣りはいらんよと言い残し、出入り口の戸に手をかける。

「強欲だと思ってるだろ。身内にこんな人間がいるなんて、おまえも運が悪かったな」

戸が閉まり、店内に静寂が戻ってくる。零一の姿が見えなくなっても、大樹はしばらくその場に立ち尽くしていた。

どのくらいの時間がたっただろう。大樹はのろのろとテーブル席に腰を下ろした。叔父とかわした会話が頭の中を駆けめぐり、片肘(ひじ)をついてこめかみを押さえる。

(どうすればいいんだよ……)

身内と法廷で争うなんて冗談ではない。遺産相続に関するトラブルについては、何人かの常連客から苦労話を聞いたことがあった。大金が絡むと、血を分けた家族の間でも諍(いさか)いが生まれる。それは誰にとっても起こりうる、身近な問題なのだ。

『そりゃあもう醜(みにく)いのなんのって。泥沼もいいところだよ。不動産は特に揉めるっていうのに、大ちゃんはなんの問題もなく受けとれたんだろ？　うらやましいねえ』

げっそりと疲れた顔をした常連の話がよみがえる。

まさか、いまになってこんな揉めごとが起こるなんて思いもしなかった。何かよい方法がないものかと考えたが、頭の中が混乱して、まともな案が浮かばない。

虚空をにらみつけていると、格子戸がわずかに開いた。

「こんにちは。雪村さ――」

遠慮がちに顔をのぞかせたのは、碧だった。反射的にきつい目を向けてしまい、あわてて表情をとり繕う。バイトもないのにたずねてきてくれたのは嬉しいが、タイミングが悪かった。なんとか笑おうとしても、ぎこちなくなるばかり。

「あー……悪い。ちょっと苛々してたせいで」

「い、いえ。気にしないでください。そういうときもありますよね」

碧も百合と同じで追及してくることはなく、笑顔をつくる。

「急に来ちゃってすみません。これ、渡したらすぐに帰るので」

店内に入ってきた碧は、手にしていた四角い包みを大樹の前に差し出した。それほど大きいものではなく、春らしい桜模様の風呂敷に包まれている。

「弁当?」

「おやつです。どら焼きもどき」

「もどき?」

「ホットケーキミックスでつくってみたんです。『くろおや』の本格的なものとくらべたらだめですよ？　でもおいしかったから、雪村さんにも食べてもらいたくて」

照れくさそうな顔をした碧から、どら焼きが入った包みを受けとる。礼を言うと、彼女は「それじゃ！」と踵を返し、声をかける暇もなく去っていってしまった。

気を遣いすぎるのも困りものだ。もう少し話をしていたかったのに。

（けど、それがタマのいいところでもあるんだよな）

口角を上げた大樹は、包みの結び目をほどいていく。

中からあらわれたのは、よくあるプラスチックの透明容器。蓋を開けると、小ぶりのどら焼きが三つ、きれいに並べて詰められていた。ひとつを手にとりかじってみると、やわらかくしっとりとした生地は、なるほどたしかにホットケーキのそれだった。かすかに大豆っぽい味がしたので、おそらく豆乳が入っている。

（中に挟まってるのは白あんか。いちごジャムを混ぜてる？　もしかして、このまえ俺が煮詰めたあれか？　こんな使い方もあるんだな）

「……美味い」

素朴などら焼きは、和菓子屋で売っているものとはくらべられない。拙いけれど家庭的で、手づくりのぬくもりが感じられた。おいしかったから食べてほしいと、わざわざ持ってきてくれた碧の気持ちが嬉しい。欲を言えば一緒に食べたかったが。

　大樹は時間をかけて、どら焼きを腹におさめていった。胃の中が満たされていくと同時に、心の中にもあたたかなものが降り積もる。あれだけささくれ立っていたのに、食べ終わるころにはおだやかな気持ちになって、冷静な思考も戻ってきた。

　――タマに心配はかけられない。

　大樹は空になった容器をじっと見つめた。

　碧はいま、将来に向けて大事なときを過ごしている。大樹ができることといえば、碧が勉強や卒論に集中できるよう、バイトの日程を調整するくらいだ。こんなときに不安をあおるようなことは言いたくないし、気づかれたくもない。

　事情を知ったら、きっと碧は自分のことのように心配するだろう。大樹が彼女の立場だったらそうなる。だからこそ知られないようにしなければ。

(裁判は避けたい……。いくら零一さんが相手でも、そんなこと)

　土地の売却は、「ゆきうさぎ」を手放すことを意味している。

　祖母が大事にしていたこの場所を去るなんて、考えただけでもぞっとした。資金があれば店舗を探し、別の場所でふたたび店を開けるかもしれないが、そこは祖母が愛した「ゆきうさぎ」ではない。

店を守り、なおかつ叔父に引き下がってもらう方法。そんな都合のよいものが果たしてあるのだろうか?

最悪の事態だけは避けたかったが、いくら考えても妙案は浮かばなかった。

それから半月は、特に何かが動くことなく時が過ぎた。

夜の営業がはじまり、厨房に立った大樹は、愛用の薄刃包丁で大根の皮をするすると剝(む)いていた。祖母が亡くなってから「ゆきうさぎ」を再開させるまで、実家に戻って和食の修業をしていたのだが、包丁使いの技術を磨ける桂(かつら)剝きは日課だった。腕を鈍(にぶ)らせないためにも、いまでもときおり、こうやって基本を繰り返している。

店を再開させる準備がととのったとき、両親からお祝いとして、箱入りの包丁一式を贈られた。長く大事に使うために、手入れにも力を入れている。包丁は実家の旅館で腕をふるう板長が選んでくれたというから、品質はお墨付(すみつ)きだ。

(今日も零一さんからの連絡はなさそうだな)

叔父は「しばらく考えてみてくれないか」と言っていたから、時間にはまだ猶予(ゆうよ)があるのだろう。だが、いつ動き出すのかわからないので気が気でない。もう一度話し合うため教えられた携帯の番号に電話をかけると本人が応じたが、要求を受け入れない限りは訴訟に持ちこむと、冷たくつき放されてしまった。

（母さんの説得にも耳を貸さなかったし、まいったな……）

「ちょっと前、零一さんが店に来た。三月にも会った話はしただろ。実はそのあと、うちに内容証明が届いて……」

実家に連絡して状況を話したとき、受話器の向こうで母が大きく息を飲んだ。

「あの人、うちの土地を売って金に換えろって言ってきたんだよ」

『なによそれ。お父さんのときにあれだけ持って行ったくせに、どこまで強欲なの！』

「母さん、落ち着け。血圧が上がる」

高血圧気味の母の怒りを鎮めるべく、電話口でなだめる。しばらくして落ち着きをとり戻した母は、苛立ってはいるものの、興奮はおさまっていた。

『大樹、とりあえず零一の連絡先を教えてちょうだい』

「え……」

『私が説得してみるわ。要は、零一が遺留分を手に入れることをあきらめて、請求をとり下げさえすればいいのよね。これ以上好き勝手にされてたまるものですか』

「でも、あんまり事を荒立てるのは」

『こうなったらしかたがないでしょう。あのお店を手放すなんて許しませんからね。あなたはお母さんにそっくりのお人好しだからこういうことは苦手だろうけど、いざとなったら戦うのよ。世の中、いい人ばかりってわけじゃないんだから』

「……わかってるよ」

大人になれば世界は広がる。学生時代は気の合う仲間とつるんでいればよかったが、社会に出たらそうはいかない。大樹も「ゆきうさぎ」で働くようになってから、自分とは性格も価値観も違う人に出会うことが多々あった。自分と真逆の考えを持つ人もいるし、中にはどうしても好きになれない人もいた。叔父もそのひとりだ。

――「いい人」か。

大樹は他人からそう思われることが、あまり好きではなかった。中学生のころ、誰にでもいい顔をしていると陰口を叩かれたことがあったし、大学時代につき合っていた彼女には、優しすぎて物足りないとふられてしまった。どちらも苦い経験だ。

それに自分は、他人が思っているほど善人ではない。

嫌なことをされたら腹が立つし、胸の中に黒いものが渦巻くこともある。ただ、その感情を極力表に出さずに我慢しているだけだ。いまは卒煙できているが、煙草に手を出したのも、そんなストレスが積み重なったことが原因だった。

『連絡先は電話番号だけ？　え、住所は山梨？　いつ引っ越したのかしら』

　後日、母は叔父と話をしたものの、説得は失敗に終わった。十二年前と同じく母が一方的に怒ったようだが、暖簾に腕押しだったと残念そうに報告された。

『弟ながら、ほんとにふてぶてしいったらないわ。少し日にちを置いてからまた連絡してみるけど……。もしものときのために、うちの顧問弁護士さんに話を通しておくわね。大樹からも一度電話してみて』

（零一さんを納得させるには、やっぱり金を払うしかないのか……）

　どこかに借り入れを申し込めばいいのだろうか？　でもどこに？　そんな大金、銀行が簡単に貸してくれるとは思えない。両親と弟は二年前に二世帯住宅を新築し、ローンの返済がある。従って、ここから借りることもできない。

　いつの間にか、皮を剝く手が止まっていた。苦労してやめた煙草が吸いたくてたまらなくなる。料理人にあるまじきことだとわかっていても、完全に絶てるようになるまで数年かかったのだ。ここで負けてなるものか。

　衝動を必死に抑えていると、前方から声をかけられた。

「おい、大ちゃん！」

「――えっ」

顔を上げると、常連客の最長老、久保彰三（くぼしょうぞう）と目が合った。

　開店とほぼ同時にやってきたその人は、祖母が二十数年前に店を開いたときから通い続けている「常連のヌシ」だ。腰痛持ちではあるものの、八十歳を過ぎても元気で食欲旺盛（おうせい）な彰三は、心配そうな表情でこちらを見つめている。

「さっきからおっかねえ顔してどうしたんだ。具合でも悪いのかい？」

「あ、いえ……。たいしたことじゃないですよ」

「嘘つけ。大ちゃんがそんな顔することなんざ、めったにないだろうが」

　彰三の眉間にしわが寄る。大樹が子どものころから知っている人なので、ごまかしはきかないのだ。大樹が日頃の感謝をこめて購入した、琉球（りゅうきゅう）ガラス製の専用グラスを手にした彰三は、泡盛（あわもり）の残りを豪快（ごうかい）に飲み干してから話を続ける。

「何か悩みごとでもあるのか？　無理に聞き出すつもりはねえけどよ、あんまり考えこみすぎるのも体に毒だぞ。飯はちゃんと食えてんのか」

「食欲はありますよ」

「だったらまだ大丈夫だな。そういうときこそ、しっかり食ってよく寝ておけ。体が弱るとそのぶん気力も萎（な）えちまうからな。おろそかにはするなよ」

「はい。ありがとうございます」

（この店がなくなったら、彰三さんも悲しむよな……）

彰三だけではない。「ゆきうさぎ」を気に入って、足繁く通ってくれる常連はたくさんいる。大樹が店主になってから、はやいもので三年と四カ月。自分にとっても心の拠りどころになっているこの場所は、何があっても失いたくない。

「それにしても、このお通しは美味いねえ。お代わりがほしいくらいだ」

顔をほころばせた彰三が、切り分けて小皿に盛りつけたオムレツを頬張る。

今日は小松菜とミニトマト、ボロニアソーセージと卵を使って、オープンオムレツをつくってみた。見た目はスパニッシュオムレツに似ているが、それほど厚みはない、具入りの薄焼き卵のようなものだ。本当はほうれん草を使いたかったのだけれど、いかんせん高値だったので、それよりは安い小松菜で代用した。

「東京の野菜といったら、やっぱこれだよな」

「徳川将軍が気に入って命名したって話も、江戸らしくていいですよね」

「吉宗公か。昔やってたドラマが好きで、よく観てたなあ」

高層ビルが密集し、どこもかしこも人であふれる大都会と思われがちな東京だが、郊外に行けばのどかな風景を目にすることができるし、農産物もつくられている。その代表格が小松菜と言えるだろう。

江戸時代、八代将軍吉宗は鷹狩りに出かけた先で、地元でとれた青菜をあしらった汁物を献上されたという。よろこんだ吉宗は、小松川村という地名から、その青菜に「こまつな」という名前をつけたそうだ。のちに東京都江戸川区となった土地では、現在も特産品として小松菜がさかんに栽培されている。

小松菜は改良されて一般的に流通しているものよりも、昔に栽培されていた品種のほうが、アクが少ないうえに葉や茎がやわらかくて美味である。伝統小松菜と呼ばれているそれらの品種は、江戸東京野菜のひとつとして復活しつつあるそうだ。

オムレツを平らげた彰三が、箸を置いてひと息ついた。

「あー美味かった。次は大ちゃんのおすすめといこうかね」

「それじゃ、特別メニューを試してみますか？　桜はもう散りましたけど、ちょっと情緒を感じられるものをつくってみたので……」

大樹が話していたとき、戸が開いてスーツ姿の男性客が入店した。背後にも数人の気配を感じたので、会社帰りのグループ客だろう。夜のシフトに入っていた百合が、明るい声で「いらっしゃいませ」と応じている。

「何名様ですか？」

「三人です。できれば座敷がいいんですけど」

新しいお客にお茶を淹れるため、茶葉の用意をしていると、「雪村さん」と呼びかけられた。百合の声だったが、なぜか困惑したような雰囲気を感じる。

「どうかしました？」

視線を向けた大樹は、彼女の隣に立っていた男性を見るなりぎょっとする。

そこにいたのはまぎれもなく、叔父の零一だった。


大樹はごくりと唾を飲みこんだ。今度はいったいなんの用だ？

零一は警戒する大樹にかまうことなく、彰三のふたつ隣の席に腰を下ろす。

グループ客と一緒に入ってきたようだが、連れというわけではなく、単に同じ時間に入店しただけのようだった。「お願いします」と言った百合は軽く頭を下げてから、小上がりに通したグループ客のもとに向かう。

感情が顔に出ていたようで、零一は「わかりやすいな」と口の端を上げた。

「前に食べたのは昼飯だっただろ。小料理屋は夜が本番だ。こっちで出す料理はどんな感じなのか気になってな。もちろん食事代は払う」

「それはどうも……」

あいかわらず真意が読めなかったが、お客として来たのなら、相応の接客をしなければならない。お茶とお通しの準備をしていると、彰三の声が聞こえてきた。

「あんた、大ちゃんとよく似てるなあ。でも毬ちゃんの旦那じゃねえよな。前に雪枝さんから見せてもらった写真と違うし」

零一は軽く目を見開いた。まじまじと彰三を見つめる。

「母と姉をご存じなんですか？」

「ん？　母？　………あっ！　あんたもしかして、雪枝さんと純さんの息子か!?」

身を乗り出した彰三が、零一の顔を無遠慮にのぞきこんだ。

たしか叔父は、祖父母がこの地に引っ越してくる前に出て行ったので、彰三とは面識がないはず。けれどその存在については聞いていたらしい。

それでも詳しい事情までは知らないのだろう。嬉しそうに相好を崩す。

「いやー、まさかここで雪枝さんたちの息子に会えるとは。毬ちゃんとは何回か会ったことがあるんだけどな。あんたは遠くに住んでるから、なかなかこっちに帰ってこれないんだろ？　甥っ子そっくりの男前じゃねえか。うらやましいこった！」

豪快に笑いながら、彰三は零一の背中をばしっと叩いた。いつの間にか隣の席に移動している。こういうときの身のこなしは、腰痛持ちとは思えないほど素早い。

「あんた、名前はなんていうんだ。苗字は宇佐美だろ？　下は？」

「零一……ですけど。漢数字のゼロとイチです」

「ゼロとイチねえ。名付け親は純さんだろ。あの人、やたら数字に強かったし」

「そうですが……」

「なつかしいなぁ。純さん、雪枝さんを手伝ってたまに店に出てたんだよ。絶望的に無愛想(ぶあいそう)だったから、客商売には向いてなかったけどな。そんで休憩のときは、カウンター席でモソモソ飯食っててさ。ほれ、そこの端っこが特に落ち着くとか言って」

「父があそこで？」

「目立つのが苦手な人だったからなー。もう亡くなったけど、うちの嫁さんの趣味が庭いじりだって話したら、野菜か何かの種をくれたな。寡黙(かもく)だけど親切な人だった」

　物怖じせずガンガン話しかけてくる彰三に、零一は明らかに戸惑っていた。しかし人生経験豊富な常連のヌシは、それくらいでは引き下がらない。

　誰にでも遠慮なく接しているように見えるが、彰三はきちんと相手の反応を観察している。本当に嫌がっている人や、ひとりで過ごしたがっている人の雰囲気は察して、そっとしておける気遣いにも長(た)けていた。

（親しげに話しかけてるってことは、零一さんは別に嫌がってはいないのか）

両親の話題を出されたので、零一のほうも興味をひかれたのかもしれない。そんなことを考えながら、大樹はお茶を淹れた湯呑みとお通しの皿をカウンターの上に置く。

「大ちゃん、さっき言ってた特別メニューだったか。ふたりぶん頼めるかい」

「わかりました。零一さんもそれでいいんですね？」

「ああ」

「準備にちょっとお時間いただきますけど」

「かまわない。その間にいろいろ訊いてみたいことがあるし」

零一はちらりと隣に目をやった。ふたりがどんな話をするのか知りたかったが、聞き耳を立てるわけにもいかず、大樹は調理にとりかかる。

一からはじめると時間がかかるため、下ごしらえはすでに終えていた。

日本海でとれた甘鯛の切り身は、骨をとって塩をふっておいた。塩漬けされた桜の葉は水につけ、塩を落としておく。甘鯛はだし汁と食紅を加えてほんのりピンク色になった道明寺粉で包み、桜の葉を巻いてから、蒸し器でしばらく加熱する。

続けてコンロに小鍋を置いた大樹は、だし汁に塩を入れ、さらに淡口醬油とみりんを加えて沸騰させた。仕上げに水で溶いた片栗粉でとろみをつければ、和食のあんかけ料理に使われている銀餡のできあがりだ。

　やがて甘鯛が蒸し上がると、形が崩れないよう注意しながら、ひとつずつ漆塗り(うるしぬ)りの汁(しる)椀(わん)の中に移した。透明感のある銀餡をかけ、桜の形をした生麩(なまふ)を飾る。最後にわさびを添えて、ようやく完成だ。

　カウンターに視線を向けると、ふたりはグラスとぐい呑みを手に何事か話していた。はじめは戸惑っていた零一だが、いまは興味深げな表情で、話に耳をかたむけている。

「お待たせしました。甘鯛の桜蒸しです」

　ふたりの前に汁椀を置くと、蓋を開けた彰三が不思議そうに首をかしげた。

「甘鯛なのか？　魚はどこだよ。なんか汁に浸(ひた)った桜餅(もち)に見えるぞ」

「それに見立ててますから。この料理は、道明寺粉で白身魚を包んで蒸すんです。包まないでつくるレシピもあるけど、こっちのほうがいいなと思って。品があって季節も感じられるし、見た目も楽しい、遊び心のある和食じゃないですか？」

「情緒があるねえ。そういうことなら、できるだけお上品にいただこうか」

　うなずいた彰三が、お椀と箸を手にとった。零一もそれに倣(なら)う。

　和菓子ではおなじみの道明寺粉を使っているので、食感はやわらかく、もちもちしていることだろう。ふっくらと蒸し上がった甘鯛は、淡白ながら脂はしっかり乗っているはずだ。桜の葉で巻いているため、ほのかな春の香りも楽しめる。

「おお、美味いなこれ。おれはこってりした味つけのほうが好みなんだけどよ、たまにはこういうのもいいもんだな。素材が持つ旨味を堪能できるって言えばいいのかね」

銀餡を絡めた甘鯛を口にした彰三が、嬉しい言葉を聞かせてくれる。

その隣で、零一は黙々と食事を進めていた。

やはり先日と同じく、心の中がまるで見えない。箸を止めることはないから、完食はしてくれるのだろう。ほっとしていると、零一がふいに顔を上げた。

「大樹」

「！　な、なにか？」

「この料理、おふくろから習ったのか？」

いきなり話しかけられた大樹は、心を落ち着かせてから「いえ」と答える。

「特別メニューとして、春らしさを感じられるものをつくりたかったんです。味はもちろん、視覚でも楽しめるような。山菜の天ぷらとかは、先代が生きてたころから出してたし……。お世話になった実家の板長に相談したら、桜蒸しはどうかと言われて」

「なるほど。たしかに家庭というよりは、料亭や旅館で出す懐石料理だな」

「うちのお品書きは、誰にでもなじみがある家庭料理が多いんです。とはいえ掲げてる看板は食堂でも居酒屋でもないので、ときどきは本格的な和食も出さないと」

この道三十年のプロは、大樹に惜しげもなく桜蒸しのつくり方を伝授してくれた。何回かの試作を経て、お客に出しても恥ずかしくないできばえになったので、満を持してお品書きに載せたのだ。評判がよければ来年以降も出そうと思っている。

「ふうん……。いろいろ考えてはいるのか」

大樹の話を聞き終えた零一は、桜蒸しを完食すると箸を置き、ぼそりと言った。

「美味かった」

小声で淡々(たんたん)としていたが、たしかに聞こえた。「ありがとうございます」と返すと、まるで自分が褒められたかのように、彰三が満面の笑みを浮かべる。

「だろー？　大ちゃんはまだ若いけど、料理の才能はピカイチだからな！　そのうえ努力もするんだから最強だ。雪枝さんも、こんなにいい後継者に恵まれて幸せだよ。いまごろ純さんと一緒になってよろこんでるんじゃねえか」

「…………」

「大ちゃんがいてくれたおかげで、雪枝さんが亡くなっても『ゆきうさぎ』が存続できたしな。そうでなかったら、おれたち常連は泣いてたね。美味い料理を出す店はいくらでもあるけどよ、『ここ』も満たしてくれる店はそうそう見つからねぇからな」

言いながら、彰三は自分の胸をトンと叩いた。

この店をおとずれるお客は、常連も一見も関係なく、それぞれとり巻く環境やかかえている事情が異なる。好きな酒や料理を遠慮なく飲み食いして、日頃のストレスを解消しようとする人もいれば、家庭に居場所がなく、自宅では得られない安らぎを求めて通ってくる人もいる。

暖簾をくぐれば、誰でもおだやかで満ち足りた時間を過ごせる場所。

社会や家庭で寒風にさらされても、せめてこの店にいる間だけは、現実を忘れてほっとひと息ついてほしい。「ゆきうさぎ」に集まってくる人たちにとって、ここがいつでも居心地のよい場所であるように。大樹が亡き祖母から受け継いだ、理想の店の形だ。

(それに……)

この店のあたたかさに浸っているのは、お客だけではない。

自分はここで働くことによって、変わったと思う。大樹が美味い料理を出すと、お客はとてもよろこんでくれる。笑顔を見せてくれる。努力をすればするだけ認めてくれる。真面目すぎる人間はつまらないのかと悩んでいた大樹に、それの何が悪いのだと、開き直れるまでの自信をつけてくれた。自分は「ゆきうさぎ」に救われたのだ。

「心と腹を満たす店……か」

つぶやいた零一が、繊細なガラス細工のぐい呑みに目を落とす。

どことなく陰のあるその表情からは、何も読みとることができなかった。

　東京にやってきてから二日目の朝。駅の近くにあるカプセルホテルのベッドで眠っていたとき、枕元に置いてあった携帯電話が震えた。

　薄目を開けた零一は、ディスプレイに表示されている名前を確認する。

（……めぐみ？）

　会話が筒抜けになってしまうので、ここで電話をとることはできない。しばらくぼんやりしていると、やがて携帯は沈黙した。間を置いて伝言が入ったので聞くと、気がついたら折り返しの電話をしてほしいと催促される。

　まだ早朝だというのになんだろう。零一は携帯を手に、ベッドから這い出した。荷物をあずけているロッカールームで手早く着替え、顔を洗ってさっぱりしてから、談話室に向かう。ひとりがけのソファに腰かけて、登録済みの番号に電話をかけた。

　三回目のコールが鳴る途中で、ぷつりと音が途切れる。

『もしもし、お父さん？　朝はやくからごめんね』

「気にするな。こんな時間にどうした」

『えーとね、このまえ話した顔合わせのことなんだけど。裕哉さんのご両親から、都合のつく日を教えてもらったんだ』

機械越しに、ひとり娘のはずんだ声が聞こえてくる。

五年近く交際していた相手との結婚が決まって、いまは幸せの絶頂なのだろう。婚約者の柳田裕哉は以前、めぐみと一緒に家まで挨拶に来たことがある。さすがに緊張はしていたものの、受け答えは真面目で礼儀正しく、好感の持てる青年だった。

『来月あたりどうかなーって思ってるんだけど、お父さんの空いてる日っていつ？　飛行機とホテルの予約もとらないといけないし、はやめに決めておかないと』

「用件はわかったけどな。それ、別にいまじゃなくてもいいだろ。朝一で連絡してくるからもっと急ぎの用かと思ったのに」

『あはは、ごめん。昨日の夜に裕哉さんから電話が来てね。ほんとはお父さんにもすぐ連絡したかったんだけど、時間が遅かったから』

どうやらこれでもひと晩待ったらしい。そのことからも、めぐみがいかにこの結婚に乗り気で、一刻もはやくお互いの親を引き合わせたがっていることがよくわかる。微笑ましくなると同時に、胸の奥に針を刺されたような痛みも覚えた。

（めぐみはこんな父親でも、向こうの親に会わせたいと思ってくれてるのか）

零一とめぐみは現在、山梨と長崎でそれぞれ暮らしている。

十年前まで一緒に住んでいたのだが、零一の仕事の都合で引っ越すことになり、大学に進学したばかりのめぐみは長崎に残って寮に入った。卒業後は地元で就職し、いまはアパートを借りてひとり暮らしをしている。管理栄養士の資格をとり、保育園で子どもたちの食生活を守るめぐみは、自分にはもったいないほどできた娘だ。

『お父さん、なんかさっきから元気ないね。もしかして具合でも悪いの？』

「え？　ああ、ちょっと疲れが出てるのかもな。少し休めば治るよ」

『大丈夫？　もう五十過ぎだし、健康には気を遣わないと。普段の食事も——いや、そこは心配いらないか。なんたってプロの料理人だもんね』

「元、がつくけどな」

『何事も体が資本でしょ。大事にしてよ？　紫乃さんのこともあるし……』

その名を聞いたとたんに、零一の心に暗雲が広がった。

『顔合わせまでに、紫乃さん退院できないかな。行こうと思ってるお店、卓袱料理が評判でね。一カ月前には予約しないと席がとれないんだよ。おいしいものを食べれば、紫乃さんも楽しい気分になるかなって思ったんだけど……』

「………」

『なんてね。むずかしいのはわかってるよ。紫乃さんのことは、裕哉さんとご両親にもちゃんと説明してあるから。式を挙げるころまでには元気になってるといいな』

表情は見えなくても、声音(こわね)や雰囲気から、めぐみが紫乃の体調を心配してくれていることが伝わってくる。ふたりの間に血のつながりはないが、身内としての気遣いを感じて、心の中があたたかくなった。

紫乃は零一の後妻で、十年前に再婚した相手だ。めぐみを産んだ母親は、娘がまだ幼いころに、不幸にも交通事故で亡くなっている。娘として、父親の再婚は複雑な思いだったに違いないが、すでに十八歳になっていためぐみは、紫乃を迎えることを受け入れてくれた。以降はほどよい距離感を保ちながら、良好な関係が続いている。

『紫乃さんの病状、いまはどう？』

「退院はまだ先だけど、ここしばらくは落ち着いてるよ。食欲も前より回復したし」

『そっか。よかった……。あ、ゴールデンウィークに連休がとれたから、そっちに遊びに行ってもいい？　紫乃さんのお見舞いにも行きたいしね。あと、久しぶりにお父さんがつくったご飯が食べたいなー、なんて』

ひさびさに甘えられて、零一の口角がわずかに上がる。

「リクエストはあるのか？」

『もちろん、あじさい揚げ！　私、お父さんがつくったものが一番おいしいと思う』

まかせておけと答えると、『約束ね！』と嬉しそうな声が返ってくる。

『それじゃ、また連絡するから。体にはくれぐれも気をつけて』

通話を終えた零一は、大きく息を吐きながら、ソファの背もたれに寄りかかった。

婚約しためぐみと裕哉が、お互いの家族をまじえて食事をしたいと申し出てきたのは先月のことだった。娘の話によると、裕哉の両親は零一と同世代だという。父親は堅実な中小企業に勤め、母親はパートに出ているとか。

裕福でも貧乏でもない、ごく普通の一般家庭だ。とり立ててめずらしくもない。

それでも零一は、できることなら彼らの前に自分の姿をさらしたくなかった。相手に不満があるわけではない。逆に不満を持たれることが怖かったのだ。

唇を噛んだ零一は、携帯をぎゅっと握りしめる。

――言えるわけがない。

まだ定年にもなっていないのに失職し、その後は非正規の仕事で生計を立てているなんて、向こうの親が知ったらどう思うだろう？　紫乃は福祉施設に勤めていたが、病気にかかったことで思うように働けなくなり、退職を余儀なくされた。こんなときこそ精神面ではもちろん、金銭面でも配偶者が支えなければならないのに、いまの自分はどうだ。

時給の低い仕事では生活費が足りず、貯金を切り崩して食いつないでいく日々は、思っていた以上にみじめだった。こんな頼りない男が父親では、婚約者もその両親も不安になるに違いない。

もし自分が逆の立場だったら、そう思う。貯金を食いつぶした父親が、新婚夫婦に金の無心をしてこないか、負担になることを言いやしないかと心配になる。

零一が友人とともに、甲府市内で小さな洋食屋を開いたのは十年前のこと。しばらくは順調だったが、やがて業績不振となり、開店から七年でつぶれてしまった。店は人手に渡り、職を失った零一は、退職金もないまま路頭に迷った。

すぐに新しい仕事が見つかればよかったのだが、五十を過ぎた自分を正規で雇ってくれる会社は皆無だった。飲食店のアルバイトはいくつかあったものの、募集していたのは調理補助や皿洗いといった雑用係ばかりで、時給も安すぎた。

かといって、いつまでも無職のままではいられない。ちょうどそのころ、紫乃が体調不良を訴え、病気が見つかってしまったのだ。しかも神経系の難病で、専門の医師も限られている。治療費を捻出（ねんしゅつ）するため、バイトであろうと働かなければならなかった。

「私も仕事を持ってるし、お金が足りなくなったら教えて。私のお給料もそんなにあるわけじゃないけど、できるだけ援助するから」

めぐみはそう言ってくれたが、これから新しい家庭を築こうとしている娘にすがりつくことだけはしたくなかった。いくら家族とはいえ、娘に負担はかけたくない。しかし紫乃の治療費は、予想以上に家計に響いた。

（だからといって、いまさら親の遺産を手に入れようとするなんて最低だよな）

零一の脳裏に、十二年ぶりに再会した甥の姿がよぎる。

はじめて会ったとき、自分と顔がよく似ていたので驚いた。めぐみが母親似だったこともあり、奇妙な気分になったことを憶えている。

しかも、まさか大樹も自分と同じく、料理の道に進んでいたとは。

ずっと前に亡くなったが、零一の祖父——大樹の曾祖父にあたる人も、東京で食堂を経営していた。料理人の血は祖父から母へ、そして自分と大樹に伝わっていったのかと思うと、なんとも不思議な縁を感じる。

『あなたの母親は……宇佐美雪枝は亡くなりました』

先月、大樹から母の死を聞かされたとき、零一の頭に浮かんだのは「まさか」ではなかった。「やはりそうだったのか」と思ったのだ。甥には黙っていたが、実は零一は母がすでに亡くなっていることを、何年も前から知っていた。身内の口から宣告されたのは、あのときがはじめてだったが……。

（おふくろが亡くなったのは十月だっていうから、その翌々月くらいか……）

小雪がちらつく冬のはじめ、零一は数年ぶりに母の店をおとずれた。

当時の自分は失職したばかりで、妻の病気も発覚していた。不幸なことが次々と襲いかかり、精神的に不安定だった零一は、無性に母に会いたくなったのだ。いまさら合わせる顔がどこにあるとは思ったが、止められなかった。

衝動に突き動かされて電車に乗り、店の前までやってきた零一が見たのは、人の気配が感じられない建物と、格子戸に貼られていた一枚の紙だった。

『平素は格別のご愛顧を賜り、厚くお礼申し上げます。このたびは店主の死去により、誠に勝手ながら、しばらく休業いたします』

母がこの世を去ったことを、零一はそのとき知った。それでも信じることができず、すがる思いで裏の母屋をたずねてみたが、反応はなかった。

勘当された息子にも優しく接してくれた母。もうどこにもいないのか――

葬儀にも出ていないだけに、その事実を認めるのが怖くて、身内に連絡をとって確認することも、墓参りに行くこともできずにいた。

先月、母が暮らしていた町に行ったのは、たまたま東京に用があったからだ。

紫乃の病気は患者数が少なく、治療法もまだ確立されていない。病状は一進一退で、入退院を繰り返している。専門的に研究している医師が都内にいたため、先月はその医師のもとをたずね、詳しい話を聞いたのだ。

その帰りに思い立ち、足が母の店に向かっていた。店はやはり閉まっていたが、格子戸には貼り紙ではなく、「準備中」の札。この小料理屋はまだ生きているのか。もしや母が亡くなったなんて、悪い夢だったのでは――

そんな都合のよいことのほうが夢なのだと、わかってはいたけれど。

予想はしていたが、大樹から聞いた話は零一の心を打ちのめした。神社では強がってみせたが、帰りの電車に乗ったときは、たまらず声を殺して泣いた。

結局自分は、最後まで親不孝な息子のままだった。父親と和解し、妻子を会わせる勇気が持てず、話し合いを先延ばしにしていたら、どちらも喪(うしな)ってしまったのだ。自業自得とはいえ、押し寄せる後悔に胸がつぶれそうだった。

そして自宅に戻って数日が過ぎ、ようやく落ち着いてきたころ、ふと思い出した。大樹が受け継いだという、母の遺産のことを。神社で会った日は、ショックのあまりそこまで気が回らなかったが……。

――あの土地を売れば、自分のふところにも金が入る。

五十代の半ばにさしかかったいま、正規の仕事につくのは絶望的だろう。けれど紫乃の治療費はかさんでいく。苦しい生活から抜け出せず、追いつめられた零一は、ふたたび東京にやってきた。大樹と亡き両親に恨まれるのは覚悟の上だった。

自分がいま、誰よりも大事に思うのは妻と娘だ。家族のためならたとえ鬼になってもかまわない。だから覚悟の証として、宣戦布告となる請求書を大樹に送りつけた。

(でも……)

前かがみになった零一は、組んだ両手を意味なく動かしながら考える。

母の店を継いだ甥は、自分が思っていた以上の「店主」だった。まだ若いが料理の腕はいいし、常連客からも慕われている。大樹は本来、雪村家の跡取りとなるべく育てられたはずだが、あの小料理屋で生き生きと働く姿を見ている限り、旅館の若旦那よりは小料理屋の店主のほうが向いていたのだろう。

(おふくろは、大樹の適性を見抜いてたのかね)

家を飛び出してから数年後、零一は母に宛てて手紙を出した。

めぐみが生まれ、自身も親になったことで、ようやく両親の気持ちがわかったのだ。せめて生きていることくらいは伝えておきたいと思い、手紙を送った。

電話番号を教えたので、母からはすぐに連絡がきた。それまで行方をくらませていたことについては大いに叱られたが、安否がわかったことで安心したとも言っていた。涙まじりの声を聞き、自分がいかに母を心配させていたのかも思い知った。

それからは年に一度、母の誕生日に祝いを兼ねた電話をかけるようになり、細々と交流していた。父と言葉をかわすことはできなかったが、母から近況を聞いていたので、亡くなるまでどう生きたのかは知っている。

ため息をついた零一は、ソファから立ち上がった。朝食をとってホテルを出る。

家がある甲府からここまでは、電車だと二時間ほどかかる。日帰りでもよかったが、いくつか用事があったので宿泊することにしたのだ。

電車に乗って目的の駅で降りると、通りかかった不動産屋の前で足を止める。

貼り出してあった賃貸アパートの広告を見るなり、思わず肩を落としてしまった。やはり都内はワンルームでも家賃が高い。ひとりで住むなら木造のボロアパートでもかまわないのだが、紫乃が一緒なのだから、ある程度は清潔であってほしい。

「いらっしゃいませ。よろしければ中で見ていかれませんか?」

店から出てきた制服姿の女性従業員が、にっこり笑って誘いをかけてくる。少し考えた零一は、招かれるまま中に入った。

「賃貸をお探しですか？」

「ええまあ……。妻とふたりで住めるところがあれば。家賃はできるだけ抑えて」

「このあたりは交通の便がいいので、家賃もそれ相応なんですよ。とはいえ安めの物件もありますのでご安心ください。少々築年数が古いですけど」

「うーん。あんまり古すぎるのはちょっと」

条件に近い物件をいくつか見せてもらったが、なかなかぴんと来るものがなく、資料だけもらって外に出る。やはり何事も、金がなければどうにもならない。

十三時を過ぎていたので、零一は駅前の小さな喫茶店に入った。

レトロで落ち着いた内装の店内は、業績不振で手放さざるを得なかった自分の店に、少しだけ似ていた。昔ながらのナポリタンを平らげて昼食をすませ、食後のコーヒーを飲みながら物思いにふける。

ここから少し行ったところに、紫乃の病気に詳しい医師が経営している病院がある。

現在の主治医から紹介され、何度か面会して話をしたところ、この医師なら信頼できると確信した。近いうちに紫乃を転院させるつもりなのだが、いまの家から見舞いに行くとなれば時間がかかるし、交通費も馬鹿にならない。だからいっそ、病院の近くに引っ越そうと思って、手ごろな物件を探している。

（そうなると、新しい仕事も探さないとな。すぐに見つかればいいんだが……）

「お客さま、お水のお代わりはいかがですか？」

若い店員に何度目かの声をかけられたとき、零一ははっと我に返った。

窓の外は、いつの間にか夕暮れになっている。支払いをして店を出た零一は、仕事を終えた人々が行き交う通りを歩きながら、これからどうしようかと考えた。ホテルに戻るにはまだはやいし、どこかで夕食でもとろうか。

『おいしいものを食べれば、紫乃さんも楽しい気分になるかなって思ったんだけど』

めぐみの言葉が頭に浮かぶ。最近は工夫されているそうだが、病院食はやはり味気ないのか、食欲があるとき、紫乃はいつも「零一さんのご飯が食べたい」と言っていた。

零一が勤めていた店の常連客だった紫乃は、美味い料理が大好きだ。亡くなった妻もそうだったから、自分はおいしそうに食事をする人に弱いのだろう。

紫乃はめぐみの婚約を祝福し、式にも出席したがっている。

式まではあと半年。完治は望めずとも、退院して外出ができるくらいまで回復させることは可能だと聞いている。いまの治療を続けても、現状を維持するだけで精一杯だ。悪化すると命にかかわる難病のため、専門医がいる病院で、少しでも有効な治療を受けさせたい。けれどそれには、これまで以上の金が必要だ——

腕時計に目を落とすと、時刻はじきに十八時になろうとしていた。

きれいに拭き清めたカウンターの上に、碧がお箸とお皿を並べていると、厨房でワイングラスを磨いていた大樹が話しかけてきた。

「タマ、今日はご機嫌だな」

「え、そうですか？」

「わりと大きな声で鼻歌うたってたぞ。気づかなかったのか」

からかうように指摘され、碧は「ええっ」とのけぞった。無意識の鼻歌を聞かれるなんて恥ずかしい。人前で歌うことは苦手のはずなのに、いったいなぜ……。

(久しぶりのバイトだからかなぁ)

これまでは週四で入っていたので、週一ではやはり物足りない。三年も同じ場所で働いていれば、心身ともにそのサイクルに慣れる。碧にとって、「ゆきうさぎ」でバイトをするということは、いまではすっかり生活の一部になっていたのだ。

「勉強のほうは順調か？」

「ぼちぼちですねー。最近は大学の空き教室とか、図書館やカフェに行ってやることも多いんですよ。ほら、家だと誘惑が多くて集中しにくいし」

「テレビとか漫画とか？」

「そうですそうです。最大の敵はスマホですけどね！　手元にあると、つい無意識にいじっちゃって。いまはゲームや動画がたくさんあるじゃないですか。ちょっとだけって思ったら最後、簡単に時間を盗まれちゃいますからね」

　鼻息を荒くする碧に、大樹は「意志の力が試されるな」と苦笑する。

「スマホおそるべし……。とりあえず、勉強中は見えない場所に封印しました。まあ、そのぶんストレスはたまるんですけど、救いの地がここにあった……」

「ん？　どういうことだ」

「バイトがちょうどいい気分転換になるんですよ。毎日勉強ばっかりやってると、頭がパンクしちゃうので。だからいま、すっごく楽しいんです」

「……そうか。それならよかった」

　目を合わせて微笑み合ったとき、戸が開いてお客が入ってきた。視線を向けた碧は、中に入ってきた男性の姿にぎょっとする。

（零一さんだ！）

　思わず大樹を見ると、彼もまた狼狽(ろうばい)していたが、表情を戻して叔父を迎える。

「こんばんは。ゆうべはご来店ありがとうございました。けっこう飲んでたみたいですけど、二日酔いとか大丈夫でした？」

「ああ、酒には強いんだ。けど一緒に飲んだじいさん、あれなんだ？　化け物か？」

「彰三さんにしては控えめでしたよ。気を遣ってくれたんです。あれでも」

「とんでもない蟒蛇(うわばみ)だな……」

肩をすくめた零一が、慣れた様子でカウンター席の椅子を引いて腰を下ろす。

ふたりの会話を聞いていた碧は、内心で驚いていた。どうやら零一は、ゆうべも「ゆきうさぎ」に来たらしい。しかも常連のヌシと一緒に飲んだ？　昨夜の店内で、いったい何があったというのだろう？

気になりつつもお茶の支度をしていると、大樹が「どうぞ」と言って、零一にお品書きを手渡す。ざっと目を通した零一は、顔を上げて口を開いた。

「肉じゃがをひと皿もらおうか」

大樹は「かしこまりました」と答え、肉じゃがを鍋から器(うつわ)に盛りつけた。ふわりと立ちのぼる白い湯気と、優しい煮汁の香りが鼻腔(びこう)をくすぐる。

日本人なら誰もが知っている和食の代表だが、元は偶然の産物だ。明治(めいじ)時代、海軍の艦(かん)上(じょう)食として英国のビーフシチューをつくろうとしたとき、詳しいレシピがわからず醤油や砂糖といった調味料で煮込んだ結果、別の料理ができてしまったという説がある。

大樹がつくる肉じゃがの味は、亡き先代から受け継いだもの。どちらかと言えば少し甘めの味つけで、脂が溶け出した牛肉のやわらかさと、芯まで火が通り、煮汁が染みこんだじゃがいものほろっとした食感が最高だ。ふっくらつややかな白いご飯と一緒に頬張っているときは、日本人でよかったとつくづく思う。

「お待たせしました。どうぞ」

器がカウンターの上に置かれると、零一の眉がわずかに動いた。

「しらたきと絹さや……。おふくろの肉じゃがと同じだな」

「先代が教えてくれたレシピでつくってますから。家族に出してたものと、味は変わらないって言ってました。先代の肉じゃが、宇佐美の家を出るまでは食べてたでしょう？　息子としての意見を聞かせてもらえませんか？」

大樹の言葉を受けた零一は、無言で箸に手を伸ばした。

零一が肉じゃがを口に運ぶ様子を、大樹と碧は静かに見守る。味をたしかめるようにじっくり噛みしめていた零一は、半分ほどを食べたところで箸を持つ手を止めた。目を細めて大きく息を吐き、悔しそうにつぶやく。

「……できなかったんだよなあ」

「え?」

さびしげに笑った零一は、肉じゃがの器に視線を落とした。

「この肉じゃが、記憶を頼りに再現しようとしたことがあったんだよ。けど、何回やってもだめだった。これでも料理人の端くれだし、できる限りの研究はしたんだけどな。近づけることまではできても、ここまで同じ味にはならなかった」

「料理人……零一さんが?」

「三年前まで、甲府で小さな洋食の店をやってた。最初の何年かは売り上げもよかったんだけどな。だんだん下降してきて、店舗の賃料が払えなくなって終わったよ。いまから思えば、借金がほとんど出なかっただけマシだったのかもな」

零一は淡々とした口調で言った。能面のような表情の下に、どんな思いが渦巻いているのかは、碧にはわからない。

「料理なんて家を出たときには興味がなかったのに、人生、何があるかわからんな。だから大樹が店を継いだって知ったときはたまげたね。まさかの同業者かよって」

「じゃあ、うちに食事に来たのは」

「同業者と知ったら、やっぱりその腕を試したくなるだろ。最初のオムライスが思いのほか美味くてな。もっと食べたくなって、気がついたら夜にも暖簾をくぐってた」

「ゆうべの桜蒸しも褒めてくれましたね」

「あれか……。オムライスがジャブなら、あの桜蒸しは右ストレートだな」

零一はこぶしを前に突き出す真似をした。ボクシングが好きなのだろうか。

「──で、この肉じゃがでノックアウトだ。まさか料理で倒されるとは思わなかった」

「倒す……？」

「常連のじいさんはセコンドだな。あれにもけっこうやられた」

話が抽象的すぎて、碧には何を言いたいのかいまいちよくわからない。大樹も首をかしげている。湯呑みを手にした零一は、皮肉な笑みを浮かべて続けた。

「要は舐めてたんだよ。三十にもならない若造に、俺を納得させられる料理を出せるわけがないってさ。でも若いから、店がなくなっても再就職には困らないだろうし、やろうと思えば別の土地でまた店を持てるとも思った。俺とは違ってな」

（お店がなくなる？）

どきりとして、碧は大樹に目を向けた。たとえ話でも縁起が悪いと思ったのに、当の大樹はまるで現実にそれが起こったかのように、眉間に深いしわを刻んでいる。

碧が声をかけようとしたとき、一瞬はやく零一が口を開いた。

「大樹、おまえは料理人としても経営者としても優秀だ。それは認める」

「…………」

「でも、それとこれとは話が別だ」

続けて発せられた冷ややかな言葉が、周囲の空気を一瞬で凍りつかせた。

「料理にほだされたくらいで、あの請求をとり下げるとでも思ったか？　悪いがこっちも本気でね。金さえ手に入るなら、鬼にだってなってなってやる」

「金なら祖父の遺産があるじゃないですか。数百万はあったはず」

「何年前の話だよ。親父の遺産はとっくに使い切った。一円だって残っちゃいない」

「零一さん、どうしてそんな……」

「おまえには関係ない」

冷たく言い放った零一は、おもむろに席を立った。ぼうぜんとする碧に千円札を押しつけ、出入り口に向かう。

「次に会うときは裁判所になるのかね。まあ、よろしく頼むよ」

背中を向けたまま片手をふった零一は、静かに店を出て行った。格子戸が閉まり、おそろしく気まずい沈黙が流れる中で、碧は零一から渡された紙幣(しへい)に目を落とす。

ここまで後味の悪いお金を手にしたのは、はじめてのことだった。

第2話　八十八夜の筑前煮

「十和子ちゃん。私たち、この家を売ることにしたのよ」

五十年以上のつき合いになる友人は、おっとりとした口調でそう言った。

「もうすぐ純さんも定年だし、ちょうどいい機会だと思って」

向かいのソファに座る友人の名は、宇佐美雪枝。歳は十和子よりも五つ下だ。細身の体を上品なブラウスとロングスカートで覆い、ふんわりと微笑んでいる。寒そうな名前に反した春の日だまりのような雰囲気は、子どものころから変わっていない。

結婚した十和子が東京から群馬に移り住んでからは、雪枝との交流は手紙のやりとりをしたり、何年かに一度会ったりする程度だった。今日は十和子が数年ぶりに東京へやってきたので、ついでに遊びに来ないかと自宅に招待されたのだ。

「売却……」

十和子はおもむろに周囲を見回した。ぬいぐるみや旅行の土産物と思しき雑貨、観葉植物などが雑多に置かれた、ごく普通のリビングだ。

雪枝とその夫、純平が住んでいるのは、品川区にある低層の分譲マンションだ。庭つきの一階で、息子が生まれた年に購入したと聞いている。二十数年がたったいまは壁紙も色あせ、家具にも年季が入っていた。それでも古臭い印象はなく、どこかほっとして安らげるような、あたたかい空気に満ちている。

宇佐美夫妻にはふたりの子どもがいるが、どちらもすでに成人ずみで、何年も前に家を出ているという。

娘のほうは旅館に嫁ぎ、少し前には待望の初孫が生まれたそうだ。息子の話になると彼女はめずらしく表情を曇らせ、「純さんと大ゲンカして出て行っちゃったの」と悲しそうに言っていた。雪枝の夫は寡黙だが、真面目で温厚な人だと思っている。そんな人でも自分の子どもと対立することはあるようだ。

「売りに出したらどうするの？　田舎にでも移住するとか？」

「それも楽しそうだけど、東京からは出ないわ。純さんが退職したら、昔住んでいた場所に戻るつもり。『ひよし食堂』があった町にね」

ひよし食堂――

かつての自分がお世話になった店の姿が、十和子の頭の中によみがえる。

「なつかしいわね。あの食堂、いつまでやってたかしら」

「父が倒れるちょっと前までだから……八年前くらい？　もうそんなにたつのね」

昭和のはじめ、雪枝の両親である日吉夫妻は、東京西部の小さな町で大衆食堂を経営していた。夫を事故で亡くした十和子の母は、遺された三人の子どもたちを養うため、その食堂で働いていたのだ。

住み込みだったため、雪枝とはよく一緒に遊んだし、同じ釜のご飯も食べた。自分も雪枝も、ほかのきょうだいは男の子ばかりだったから、自然と仲がよくなったのだ。

親切で優しい日吉夫妻は、十和子たちがお腹いっぱい食べられるように、いつもたっぷり賄いを用意してくれた。おかげであの食堂にいる間は、ひもじい思いをすることはなかったし、弟たちも元気に成長していった。還暦が近づいてきた十和子の人生の中で、あのときの数年間は疑いようもなく幸せだったと、そう思う。

けれどそんな幸福な日々は、長くは続かなかった。

十和子が十代の前半だったころ、太平洋戦争――第二次世界大戦がはじまった。思い出すだけでも胸がつぶれそうになる、あの惨すぎる戦争が、十和子と日吉一家を引き裂いた。戦況が厳しくなるにつれて、店を営んでいる場合ではなくなり、食堂は閉鎖。十和子と雪枝はそれぞれ別の場所に疎開し、離ればなれになった。

そして終戦を迎え、疎開先から東京に戻ってきた十和子が見たのは、かつての栄華が嘘のような、無残な焼け野原だった。

お洒落であこがれていた銀座には焼夷弾が落とされ、日本橋も被害を受けた。ひよし食堂があった町は、都心から距離があったこともあり空襲を逃れていたが、雪枝たちの姿を見つけることはできなかった。

彼女と再会したのは、それから十年近くが経過してからのこと。ようやく連絡がとれたため、東京駅で待ち合わせをしたのだ。

「十和子ちゃん！　また会えるなんて嬉しい！」

立派な大人の女性に成長した雪枝は、目に涙を浮かべて再会をよろこんでくれた。

彼女の話によると、終戦後はしばらく東北にある親戚の家に、家族で身を寄せていたという。十和子も雪枝も、このころにはすでに結婚して子どもが生まれており、平和に暮らしていたことが何よりの救いだった。

「そうそう。うちの父がね、ひよし食堂を再開させる準備をしてるのよ」

空襲で炎に包まれたが、その後に修復された駅構内の喫茶店で珈琲を飲みながら、雪枝は嬉しそうに教えてくれた。彼女の父親は戦時中、病気で臥せっていたため、兵隊にとられることはなかったのだ。

「病気は完治して、いまは別の職に就いてるんだけど、やっぱり料理の仕事がしたいみたい。父曰く、死ぬまでおいしいものをつくり続けて、お客さんに食べてもらいたいんですって。ほんとに根っからの料理人よね」

「日吉のおじさまらしいわ。それで、どこで再開するの？」

「前と同じ場所よ。建物自体は残ってるから、それを修繕してね」

それから数年後、雪枝の父は念願だった食堂を再開させた。

「おお、十和子ちゃんか！　立派になって……。よく来てくれたね」

「ご無沙汰してます、おじさま。お元気そうでよかった」

「病気になったときは余命宣告までされたのに、見てごらんこの元気さを。まったくヤブ医者もいいところだよ。ところで、後ろに隠れてる可愛いおチビさんたちは十和子ちゃんの子どもかな？　うちの孫たちも可愛くてね。たまに遊びに来てくれるんだ」

　十和子が子どもたちを連れて店をたずねたとき、雪枝の父はまるで自分の娘が来たかのように、笑顔で歓迎してくれた。

「坊やたち、何が食べたい？　やっぱりハンバーグかな。それともオムライスとかグラタン？　鯖の味噌煮定食や筑前煮なんかもおすすめなんだけど、いまの子は洋食のほうが好きなんだろうなぁ」

　戦時中はもちろん、終戦後もしばらくはろくなものが食べられなかった。そのとき感じたひもじさを、自分の子どもたちが味わうことがなくて、本当によかったと思う。

　再開した店で腕をふるっていた雪枝の父は、七十を過ぎてからふたたび病にかかり、一年ほど闘病した末に亡くなった。倒れる直前まで料理をつくり、入院中も、はやく厨房に立ちたいと繰り返し言っていたそうだ。まさに料理人の鑑である。

雪枝の兄たちは料理人にはならなかったので、後継者のいない食堂は、数十年の歴史に幕を下ろした。店があった土地は売却され、いまは別の家が建っているそうだ。

最後にあの町に行ったのは、何年前のことだったか……。

「十和子ちゃん？　どうしたのよ。さっきから遠い目になって」

「あらやだ。ちょっと思い出に浸(ひた)りすぎたみたい」

物思いにふけっていた十和子は、苦笑しながら答えた。

(それにしても)

お互いに五十を過ぎ、歳をとったなあとしみじみ思う。雪枝は年齢のわりに、髪も肌もきれいだけれど、自分が鏡を見たときに感じる衰(おとろ)えときたら……。

「ええと、話を戻しましょう。雪枝ちゃん、またあの町に住みたいの？」

「父が亡くなって、土地が人手に渡ったときから考えてたのよ。できることなら、私があのお店を継ぎたかったなって」

雪枝は「料理が好きなのは父譲りね」と笑った。いま、テーブルの上に置いてあるお茶請(う)けの黒糖まんじゅうも、彼女が生地からこねて蒸したという。結婚後は趣味として料理を研究し、その腕を磨き続けてきた人だ。何度か手料理をごちそうになったが、見た目も味も、プロにひけをとらない出来だと思った。

「まあたしかに、雪枝ちゃんの料理の腕ならお客さんを呼びこめるとは思うけど。ひよし食堂はもうないんでしょ？　それなのにあの町に戻るの？」

「ええ。お店がないなら新しくつくればいいのよ」

「は……？」

きょとんとする十和子に対して、雪枝はにっこりと笑ってみせた。少女のように無邪気にも見えるし、強い意志を秘めた大人の女性にも見える、不思議な表情だ。

「父の食堂があった場所は、とっくに買い手がついてるからどうにもできないわ。でもいろいろと調べてみたら、駅の近くに最近売り出された土地を見つけてね」

「………」

「商店街のはずれにあるんだけど、持ち主の方が高齢で亡くなって、相続した娘さんが売りたがってるんですって。このまえ純さんと一緒に見に行ったら、広々として立地もよかったわ。しかも相場より安いのよ。できるだけはやく売りたいみたいで」

「え、え？　ちょっと待って。あなたまさか、本気で言ってるの？」

話についていけず、困惑しながら問いかけると、雪枝は「もちろん」とうなずいた。

「預金と純さんの退職金を合わせれば、土地代は払えるのよ。あとはこのマンションが売れたら、そのお金で新しい家とお店を建てられる」

驚いた十和子は、思わずソファから身を乗り出した。

「お金は払えるかもしれないけど、それってかなりの博打じゃないの！　成功するかもわからないお店に、ほとんどの財産をつぎこむってわけでしょう？　ここは老後の生活のためにとっておくのが普通よ？」

「生活費なら年金でまかなえるわ。そのためにずっと払ってきたんだもの」

「それはそうかもしれないけど……！」

十和子はあんぐりと口を開けた。

——彼女はこんなに大胆な冒険をするような人だっただろうか？

自分が知る「日吉雪枝」は、おっとりとして控えめな、さながら大和撫子のような少女だった。「宇佐美雪枝」になってからもその気質は変わることなく、陰ながら夫を支える貞淑な妻の姿を崩さなかった。

だから老後も夫とふたり、静かに暮らしていくのだろうと思っていたのに。

「……純平さんの反応は？」

「私の好きにしていいって。これでも打ち明けるまで何年も悩んだのよ。絶対に反対されるだろうなって覚悟してたんだけどね。思いきって話してみたら、あっさり『いいよ』って言うんだもの。拍子抜けしちゃった」

「じゅ、純平さんまでそんな……」

脱力した十和子は、ふらりとソファの背もたれに寄りかかった。

妻が無謀なことをしようとしたら、冷静に諭すのが夫の役割ではないのか。真面目一筋の人だと思っていたが、意外にギャンブラーだったのかもしれない。人生も半ばを過ぎたところで、友人夫婦の知られざる一面に触れることになろうとは。

（まあ、失敗するって決まったわけでもないし……）

雪枝も純平も、自分が知る限り、賢い人だと思っている。勝算の低いことはしないだろうから、いろいろと考えた末の決断に違いない。経営に関しては素人の自分が、あれこれ口を出すことでもなかろうと考え直す。

緑茶が入った湯呑みを手にした雪枝が、神妙な面持ちで話を続けた。

「毬子も零一も成人して、親の手を離れたわ。子育ては終わったし、これからどうしようかなって考えてたの。第二の人生設計ね」

「老後か……」

十和子は大きなため息をついた。

子どものころは、大人になった自分の姿が想像できなかった。ましてや六十、七十と年老いていく自分など。しかし気づけば、その壁がすぐそこまで迫っている。

「うちの人は退職してから、テレビの前でごろごろしてばっかり。現役時代は典型的な会社人間だったからね。趣味がないと暇を持て余して大変よ。一日中家にいられたら、こっちだってイライラしてくるし」

「仕事が趣味みたいな人だと、そうなることも多いらしいわね」

「そのくせ家事を頼んだら、面倒くさそうな顔をして！　暇なら少しは手伝ってくれてもいいでしょうに。ずっと私がやってたから、それがあたりまえになっちゃったのね。いまから仕込むのは骨が折れるわ」

「それはうちも同じよ。純さんも家事は壊滅的だし」

「純平さんはカメラがお好きなんでしょう？　うちの人も何かひとつでいいから、そういう楽しみを持ってほしいのに。……って、その話はまたあとにしましょう。いまは旦那じゃなくて雪枝ちゃんの第二の人生についてよね」

十和子は肩をすくめた。自分のまわりには雪枝のように本音で話せる人があまりいないので、つい愚痴をこぼしてしまった。

子どもたちはすでに独立し、家にいるのは無趣味の夫だけ。長年、家族のために働いてくれたことに対しては感謝している。けれど、新婚以来のふたり暮らしは久しぶりすぎてどう接すればいいのかわからないのだ。

「土地を買ったら、そこに食堂をつくるの？」

「うーん……最初はそのつもりだったんだけど、ちょっと考えが変わってきたのよね。父の食堂をそのまま再現するんじゃなくて、私らしいお店ができないかなって」

「雪枝ちゃんらしいお店？」

うなずいた彼女は、「どう言えばいいのかしら」と思案顔になる。

「食堂のお品書きって、定食とかどんぶりものとか、たっぷりお腹いっぱいになれる食事をメインにしてるでしょ？　父のお店もそうだったし」

「そりゃそうよ。食堂だもの。育ち盛りの学生さんとかも来るだろうしね」

「定食もいいんだけど、私はどちらかというと一品料理を出したいのよ。お客さんが好きなおかずを何品でも選べる感じで。お酒もあるといいわね。仕事を終えた人たちが、おいしい家庭料理とお酒でゆっくりできるようなお店って素敵だと思わない？」

「なるほど……。食堂じゃなくて居酒屋ってことね」

「方向性としてはそっちになるわね。でも、居酒屋よりは落ち着いた雰囲気のお店にしたいのよ。とはいえ割烹(かっぽう)って感じでもないし……。その間というか」

「居酒屋と割烹の間なら、小料理屋じゃないの？」

何気なく発した十和子の言葉に、雪枝はぱあっと表情を輝かせた。

「小料理屋！　そう、それよ！　小料理屋『ゆきうさぎ』！」

「ゆきうさぎ？」

「お店の名前。純さんが考えてくれたの」

　雪枝はとっておきの秘密を打ち明けるかのように言う。

「私は『ひよし』にするつもりだったんだけどね。『ゆきうさぎ』のほうが可愛いし、ぱっとイメージが浮かぶからって。言われてみればたしかにそうよね。純さん、ああ見えて意外とロマンチストなの。誕生日とか記念日の贈り物も絶対に忘れないし」

「はいはい、ごちそうさまです。あいかわらず夫婦円満でよろしいですこと」

「別に普通でしょう？」

　思いきりのろけられているのに、不思議と嫌な気持ちにはならない。

　この歳になってもなお、夫に対して変わらぬ愛情を抱ける雪枝が、むしろうらやましくなってくる。十和子にとっての夫は、結婚相手というよりは、家族という名の同居人。愛情が薄れたわけではないが、雪枝のように無邪気にはにかむことはもうできない。

「名前まで決めてるってことは、本気で土地を買うつもりなのね」

「ええ。準備に時間がかかるから、開店は二、三年後くらいになるだろうけど。お店を開いたら連絡するわ。そのときは旦那さんと一緒に遊びに来てね」

「旦那ねぇ……」

十和子は悩ましげにため息をついた。

「あの人、最近はすっかり出不精になっちゃって。だから東京に来るときはいつもひとり旅。おかげで地下鉄も迷わなくなったわよ。いいんだか悪いんだか」

「もし来てくださるなら、旦那さんの好物を用意しておくわよ。何がお好きなの？」

「お肉さえ入ってれば、なんでもよろこぶわよ」

夫はお腹がふくれるのならそれで満足する人なので、凝った料理を要求されることはほとんどない。そんな父親を見ながら育った子どもたちもまた然り。十和子はあまり料理が得意とは言えないため、その点では大いに助かっていた。

「中性脂肪値が高いから気をつけてほしいんだけど、聞きやしないわ。しょうがないからできるだけ脂身をとって料理してるの」

「旦那さん思いでいいじゃない」

「文句は言われるけどね。だったら自分でつくれって話だわ」

「でも、放っておけないんでしょう？　十和子ちゃん、なんだかんだ言って優しいもの。そういうことなら、旦那さんには脂身の少ないお肉料理をつくりましょう。鶏肉がいいかしらね。十和子ちゃんにはもちろん筑前煮を」

「あら嬉しい！　雪枝ちゃんの筑前煮、日吉のおじさま仕込みでおいしいものね」

ひよし食堂でお世話になっていたころ、雪枝の父は子どもたちのお腹を満たすため、多くの料理をつくってくれた。大正時代に早稲田で生まれたとされる、卵でとじた肉厚のカツ丼に、小麦粉を炒めてルウからつくるライスカレー。大きな手ごねハンバーグに、からりと揚がった海老フライ……思い出すだけで頬がゆるむ。

弟たちは洋食を好んでいたが、十和子のお気に入りは昔ながらの筑前煮だった。雪枝は亡き父親からレシピを受け継いだので、同じ味でつくることができる。

――小料理屋か……。

十和子の脳裏に、カウンターと座席が並んだ小さな店が思い浮かんだ。

落ち着いた静かな店内で、割烹着に身を包んだ雪枝が、鍋で何かを煮込んでいる。ふんわりただよってくるのは、すみずみまで味が染みた煮物の香り。その香りに誘われて、暖簾をくぐるお客に優しく微笑みかける女将の姿――

（ああ、いいかも）

そんな小料理屋ができたら、ぜひとも行ってみたい。

まだ土地すら買っていないのに、雪枝が女将として店を切り盛りする姿が、ごく自然に想像できた。彼女はきっと夢を実現させるだろう。そんな気がする。

「雪枝ちゃん、女将さんになったら和装にしなさいよ。絶対に似合うから」

「そう？　でも私、着物ってあんまり手持ちがないのよね。普段は洋服だし、母から譲り受けたものが少しあるくらいで……」

「だったら新しくあつらえるといいわ。そのときは私が呉服屋さんで見立ててあげる。見た目で雰囲気を出すことも大事だと思うわよ」

そう言うと、雪枝は「じゃあお願いしようかしら」と笑った。

その後もまだ見もしない小料理屋の話題で盛り上がり、ふたりの話が尽きることはなかった。まるで少女のころに戻ったかのように、おしゃべりに花が咲く。

初夏の風に揺れる若葉がさわやかな、五月のひとときだった。


光陰矢の如し（ごと）とは、よく言ったものである。

（あれからもう、二十九年もたったなんて。私も老いるはずだわ）

壁際に陣取った十和子は、数年ぶりにやってきた東京駅の構内をじっと見つめた。

どこから集まってくるのかと感心するほど、人でごった返している。大型連休の最終日ということもあり、大きなスーツケースを引く家族連れの姿も多かった。

赤レンガ造りの丸の内駅舎は、先の戦争で屋根が焼け落ち、内部も炎に見舞われた。しかしすべてが焼失したわけではなく、外側は残った。あのとき失われたドーム型の屋根は近年になって美しくよみがえり、かつての栄華をいまに伝えている。

十和子は構内を行き交う人々に視線を向けた。

――彼らの目に、自分はどう見えているのだろう?

それなりにお洒落はしているが、どこにでもいるような、高齢者向けの折りたたみ椅子つきカートに腰を下ろしたおばあちゃん……といったところか。いや、そもそも視界にすら入っていないかもしれない。特に目立つところのない十和子など、簡単に埋もれてしまうほどに、ここには多くの人がいるのだから。

小さなため息をついたときだった。雑踏から抜け出して、こちらに近づいてくる人影に気がつく。老眼鏡を押し上げて確認しようとしたとき、その人影が手をふった。やがて十和子の前までやってきた十六、七ほどの少年は、曾孫の孝弘だった。

「ひぃばあちゃん、久しぶりー。迷わなかった?」

「大丈夫よ。東京駅には昔、何度も来たことあるもの」

「ああそうか。前にひぃばあちゃん、東京育ちって言ってたもんな。下手すると俺のほうがわかんないかも……。いまだに迷いまくるし」

孝弘は群馬で生まれ育ったが、中学に上がるときに、父親の仕事の都合で東京に引っ越した。たしか四月に高校二年生になったはず。今風のさわやかな顔立ちで、さぞかし女の子から人気があるだろうと思ったが、本人の情熱はいまのところ、中学から続けている卓球にかたむけられているらしい。まあそれも立派な青春だ。

「こんなところまで来させてごめんなさいね。せっかくのお休みなのに」

「いいよ。部活もなくて暇だったし」

「連休の間、お父さんたちとどこか出かけなかったの？」

「頼まれても行かないなぁ。高校生になってまで親となんて」

（あらあら……もうそんなこと言う歳になっちゃったのね）

成長しているのだと実感すると同時に、一抹のさびしさも覚える。

十和子が東京に来ることを知った孫夫婦は、それならうちに泊まればいいと、こころよく申し出てくれた。迎えには息子の孝弘を寄越し、行きたい場所があれば付き添わせるよう言われている。やはり十和子ほどの年齢になると、ひとりであちこち行かせるのは心配なのだろう。その気遣いが嬉しかった。

十和子は「よっこらしょ」とつぶやいて、カートの椅子からゆっくりと立ち上がる。

「これ、俺が持とうか？」

「ありがとう。でも、実は押しながら歩くほうが楽なの」

にっこり笑った十和子は、可愛らしい花柄カートの持ち手をぎゅっと握った。

しわだらけで、血管が浮き上がった肉の薄い手。食事の量が年々、自然と減っているため、体重もずいぶん軽くなった。この歳ではしかたのないことなのだけれど。

(杖よりはこっちのほうが、見た目はいい気がする。荷物も入るし)

さすがに九十年近くも生きていると、昔のように軽快に歩くことはもうできない。だからといって家にこもり、足腰が弱って寝たきりになるのはご免である。筋力を保つために、十和子は毎日、無理のない範囲で自宅のまわりを散歩していた。

現在、十和子は高崎市内にある一軒家で、離婚して親元に戻ってきた末娘とふたりで暮らしている。夫は六年前に亡くなったが、八十五まで元気に生きたのだからじゅうぶんだろう。気心の知れた末娘との生活は、おだやかで満足している。

今日のように特急列車に乗って、遠出をしたのは何年ぶりだろう。ひさびさの「お出かけ」に、気持ちが華やぐ。

「――で、ひぃばあちゃん。これからどうするんだよ？　もう夕方だけど」

最寄り駅である高崎から電車に乗った時間が遅かったので、時刻はすでに十七時を過ぎている。トラブルがあったわけではなく、自分の意思でこの時間にしたのだ。

「今日はこのままうちに行く？」

「いいえ。孝弘、今日は特別なの。夜はこれからはじまるのよ」

　意味ありげに笑いかけると、孝弘は不思議そうに首をかしげる。

「そうだ。先に連絡しておかないと。ちょっとここに電話してもらえるかしら」

　番号を書き留めておいたメモを渡すと、孝弘がスマホとやらを使って電話をかけた。あんな小さな機械でどこにでも連絡ができるなんて、便利な時代になったものだ。機械には昔から疎(うと)いので、自分には使いこなせないだろうけれど。

　電話を貸してもらって耳にあてる。呼び出し音が二回鳴ったところで相手が出た。

『はい、小料理屋「ゆきうさぎ」でございます！』

　聞こえてきたのは溌剌(はつらつ)とした女性の声だった。声に張りがあるから、おそらくアルバイトの若い女の子だろう。

「お忙しいところごめんなさいね。予約した加賀(かが)と申しますけれど」

『加賀さま……。はい、承(うけたまわ)っております。本日の十八時にご来店予定ですね』

「ええ。さっき東京駅に着いたの。これからそちらに向かいますって、ご店主に伝えておいていただける？　着いたら連絡してほしいって言われてたから」

『かしこまりました。お気をつけてお越しください。お待ちしております』

(なかなか感じのいい子じゃないの)

相手は滑舌がよい上に、ゆっくりとした口調で話してくれたので、少し耳が遠くなっていた十和子でも聞きとりやすかった。元から気遣いができる子なのか、それとも店主の教育が行き届いているからか。どちらにしても好感が持てる。

通話を終えた十和子は、孝弘に電話を返した。

「さてと。それじゃ行くわよ」

「え、どこに？」

「まずは中央線に乗らないとね。こっちだからついて来なさい」

「あ、ちょ、ひぃばあちゃん！」

ひさびさの高揚感に包まれると、不思議と体が軽く感じる。十和子は意気揚々とカートを押して、雑踏の中に突入していった。

相手が電話を切ったことを確認してから、碧は受話器を静かに戻した。

声の感じや話し方からして、おそらく年配の女性だったと思う。聞きとりやすくなるよう配慮したつもりだが、大丈夫だっただろうか？

「タマ、そんなところで何してるんだ」

ふり向くと、背後にクラフトビールの瓶を数本かかえた大樹が立っていた。「ゆきうさぎ」の厨房の裏には酒蔵——というにはささやかな、小さなお酒の貯蔵庫がある。そこから目的のものを探し出してきたようだ。

「電話でもしてたのか?」

「はい、ご予約の加賀さまから連絡があって」

答えた碧は、電話の横に広げていたノートを閉じた。予約を受けたらここに詳細を記して、情報を共有することになっている。個人情報が含まれているので、営業時間外は鍵のついた引き出しの中にしまって管理していた。

「さっき東京駅に着いて、これからこっちに向かうそうです。遠方の方ですかね?」

「ああ。十和子さんは群馬の人だから。家は高崎市だったかな」

言いながら、大樹は大きな冷蔵庫の扉を開けた。手際よくビール瓶を入れていく。

今日はゴールデンウィークの最終日。昼間は気温が上がって夏日となり、汗ばむほどだった。これから夏にかけては、よく冷えた喉ごしのよいビールが売れるだろう。苦いお酒が飲めなかった碧も、最近は少しずつ、その魅力がわかるようになってきている。

「雪村さん、加賀さまと親しいんですか? 下の名前で呼んでるし」

「十和子さんは先代の友だちだよ。俺が子どものころから何度か会ってる。元は東京の人で、ひいじいさんの食堂で働いてた人の娘だったとか」

「えーと、たしか『ひよし食堂』でしたよね？」

「タマには前に話したな。うちの先代、子どものころはこの町に住んでたんだよ」

「彰三さんもそうですよね。でも知り合ったのはずっとあとだったって」

　常連のヌシこと彰三は、先代女将よりもひとつかふたつ年下のはず。同世代で出身地も同じだが、お互いに面識はなく、この土地に家と店を新築するときにはじめて会ったという。彰三は「ゆきうさぎ」を建てた大工の棟梁で、開店後は仕事仲間や友人を連れて飲みに来るようになり、最初の常連客となったのだ。

「住んでた場所が離れてたみたいだな。同じ町でも、ひよし食堂があったのはもう少し東側だったし。いまは住宅地になってるよ」

　作業を終えた大樹は、「ちょっと休憩するか」と言ってお茶を淹れてくれた。

　料理の仕込みはほとんどすませ、あとは開店を待つばかり。カウンター席に座った碧がお茶を飲んでいると、母屋に行っていた大樹が、一冊のポケットアルバムを手に戻ってきた。碧の隣の椅子を引いて腰を下ろす。

「これ、昔の写真なんだけど」

ぱらりと開かれたアルバムの一ページ。のぞきこんだ碧は、大樹が指差した写真を見るなり、「うわぁ！」と歓声をあげた。

「もしかしてこの男の子、ちっちゃいころの雪村さん？」

「そうだよ。四歳か五歳くらいかな。母親が俺と弟連れて、ここに遊びに来たときに撮ったやつ。弟は機嫌が悪くてぐずってたから写ってないんだよ。母親もいたはずだけど、弟をあやしてたのかも」

店内で撮ったと思しき写真には、藤色の着物に割烹着姿の女将が写っていた。いまカウンターに飾ってある、在りし日の写真よりも若い。

女将は床に膝をつき、小さな孫息子の肩を抱いて微笑んでいる。カメラ目線の幼い大樹は、頬がふっくらしていて、さわったら大福餅のようにやわらかそうだった。栄養のあるものをたくさん食べて、元気に育っているのだとわかる。

「ふふ、ぬいぐるみ持ってる。可愛いなぁ」

写真の大樹は、つぶらな黒い目が愛らしい、白いうさぎのぬいぐるみを抱いていた。ふかふかそうに見えるそれは、当時の宝物だったのかもしれない。嬉しそうな顔が微笑ましくて、思わずにやけてしまう。

「これはな……。このころの写真には必ず写ってるんだよ」

大樹がぽつりと言った。碧と視線を合わさないよう目をそらす。

（あ、照れてる。絶対照れてる）

「その、あんまりよく憶（おぼ）えてないんだけど気に入ってたらしい。寝るときも一緒で、薄汚れたから捨てようとしたときは、大泣きして大変だったんだってさ。いまでも母親にからかわれるんだ。勘弁してほしい……」

「ますます可愛いじゃないですか！　想像しただけで激萌えです」

「萌えるなよ」

「それに引き換えわたしときたら……」

碧は昔の自分を思い出しながら、頭をかかえる。

「わたし保育園のころ、戦隊ヒーローものの特撮番組が大好きだったんですよ。だから自分も悪者をカッコよくやっつけたくて、おもちゃの武器をふり回して暴れてたんです。そのせいで花瓶とか割って、母にものすごく叱られました」

「……タマ、意外にヤンチャだったんだな」

「小学校に入ってからは、ちゃんとお行儀よくなりましたけどね。友だちがおっとりした子だったから影響されたのかな。もちろんいまでも父が笑い話にしてますよ。親ってどうしてこういうことばっかりよく憶えてるんでしょうね？」

ため息をつくと、大樹は同情するように「まったくだ」とうなずいた。

「けど、そんな話で盛り上がれるのはいいことだと思う。親と仲がいい証拠だしな」

「……そうですね」

他人にとってはどうでもいいような話でも、自分たち家族にとってはかけがえのない思い出だ。その記憶を共有できる人がいるというのは、幸せなことなのだろう。

(雪村さんが子どもだったころの写真、もっと見たいな)

そんなことを考えたが、大樹がアルバムを見せた理由は別にあった。

「まあ、昔の話はこれくらいにしておいて。ほら、先代の隣に立ってる人が十和子さんだよ。横にいるのが旦那さん」

碧はふたたび写真に目を落とした。

見たところ、先代女将よりも少し年上だろうか。背が高めでほっそりとした体つきの女将に対して、十和子は小柄でふくよかだ。身に着けているワンピースやアクセサリーにはこだわりがありそうで、お洒落な女性なのだろうと思う。

「十和子さんは先代が店を開いてから、旦那さんを連れてときどき食事に来てくれてたんだ。何年か前に旦那さんが亡くなってからは、十和子さん自身も歳をとったこともあって足が遠のいたけど……」

「前のご来店はいつだったんですか？」

「先代が亡くなったとき、通夜に来てくれたな。それ以来だから三年半ぶりか」

「じゃあ本当に久しぶりですね」

愛らしい子ども時代の大樹を知っている人。もしかしたら、碧が知らない昔話を教えてくれるかもしれない。わくわくしていると、アルバムを閉じた大樹が思い出したかのように「あっ」と声をあげる。

「桜屋に頼んでるものがあったんだ。タマ、悪いけどとりに行ってもらえるか？」

「お安いご用ですけど……。プリンは朝に納品されてますよね？」

「別件だよ。『ゆきうさぎ』の注文品って言えばわかる。代金はプリンと一緒にまとめて支払うことになってるから、受けとるだけでいい」

はいと答えた碧は、席を立って店を出た。

商店街の中で「ゆきうさぎ」ともっとも縁が深いのは、向かいで営業している桜屋洋菓子店だ。なめらかな舌ざわりのカスタードプリンは「ゆきうさぎ」でも提供しており、すぐに売り切れてしまうほどの人気ぶりである。

横断歩道を渡ろうとした碧は、ふいに目をぱちくりとさせた。桜屋の前に、ひとりの女性が立っている。彼女は大きなガラス窓から、こそこそと中をうかがっていた。

――あれは……。

「ミケさん？」

横断歩道を渡りきった碧が声をかけると、ミケこと三ヶ田菜穂が驚いたようにふり向いた。年末まで「ゆきうさぎ」で働いていた彼女は、いまは常連客のひとりとして食事に来てくれる。碧のシフトが減ってからは、なかなか会う機会がなかったのだが……。

「あ、ああタマさん。こんにちは」

「もう夕方なのに蒸し暑いですねー。今日はお仕事、お休みなんですか？」

ええまあ、と答えた菜穂は、ちらりとガラス窓に目をやった。さっきから何を気にしているのだろう？　不思議に思っていると、彼女は「あの！」と口を開いた。

「私がここに来たこと、蓮さんには黙っていてほしいんです」

「え？　蓮さん？」

どういう意味かと訊こうとしたが、菜穂は「ではそういうことで！」と踵を返し、逃げるように駅のほうへと走り去っていってしまった。

わけがわからずぽかんとしていると、しばらくして店のドアが開いた。中から姿をあらわしたのは、まさかの蓮だ。仕事以外のときは眠そうにしているが、いまは顔つきがしっかりしている。スタイルがいいだけあって、エプロン姿も似合っていた。

「れ、蓮さん。今日はこっちでお手伝いだったんですね」

「連休中はパートの人が田舎に帰ってるから、人手不足なんだ。ところでタマちゃん、ちょっと前までここにミケさんいたよね？」

「い、いや、わたしは見てませんよ。気のせいじゃないですか？」

彼女の頼みを思い出して、碧は目を泳がせながら白を切った。しかし蓮にはお見通しだったようで、顎に手をあてた彼は「やっぱりいたんだ」とつぶやく。楽しそうな表情ではあったが、なんだろう。何かをたくらんでいる顔にも見える。

「あとで会ったら問い詰めよう」

「ちょ、やめてくださいよ。……って、蓮さん、ミケさんと会うんですか？」

「仕事が終わったら、飲みに行く約束をしてるんだ。今日は六時に駅前で待ち合わせしてるんだけど。今年に入ってからはよくあるよ」

「……ふたりで？」

「うん。居酒屋とか焼き肉屋とか。今日はスペインバルに行こうかと」

（そういえばミケさん、今日はいつもより可愛い服を着てたような……）

さすがの碧もぴんときて、勢いこんでたずねようとしたが、その前に蓮がにっこり笑って「タマちゃん」と呼びかけてくる。

「うちに用があるんだろ。『ゆきうさぎ』の注文品、受けとり待ちなんだけど」

「ああ、そうだ！　開店までに戻らないと」

うまくはぐらかされた気もしなくはなかったが、話を切り上げた碧は蓮と一緒に店内に入った。ちょっと待っててと言った蓮は、奥にある厨房に引っこんだかと思うと、小ぶりの丸いケーキを載せたお皿を手にして戻ってくる。

「お待たせ。桜屋のラインナップにはないから、大樹が特注したみたいだね」

蓮から見せてもらったそれは、ひとり向けサイズのホールケーキだった。

外側をコーティングしているのは、黄みを帯びた色合いのバタークリーム。上には薄紅色の薔薇が飾られ、小さな真珠のような銀色のアラザンが散らしてあった。薔薇は本物ではなかったが、花びらの一枚一枚が丁寧に重ねられ、美しく仕上がっている。

「職人技……！　この薔薇ってマジパンですか？」

「バタークリームだよ。食紅で染めたものを絞り器に入れて、少しずつ形をつくっていくんだ。パティシエの腕の見せどころだね。これは俺じゃなくて父親作だけど」

蓮は慣れた手つきで、ケーキを桜屋洋菓子店のロゴがついた箱に入れる。

バタークリームを使ったお菓子といえば、薄焼きスポンジをくるくると巻いたロールケーキ、そしてマカロンが思い浮かぶ。碧は生クリームのほうが好きなのだけれど。

「いまは生クリームを使ったケーキのほうが人気だけど、昭和の後半くらいまではこっちが定番だったんだ。当時はバターの代わりにショートニングとかマーガリンを使うこともあったらしくて、そのせいで味がよくないって記憶してる人も多いんだよ」

「そうなんですか？」

「安く大量生産するには便利だけど、そのぶん風味は落ちるからね。でも生クリームのケーキは高級品だったから、一般の人は気軽には食べられなかったんだ。一定の年代以上の人ならわかると思う」

「なるほど……。うちの父ならわかるのかな」

　さすがパティシエだけあって、蓮は洋菓子に精通している。勉強になった。

「最近は代用油脂(ゆし)を使うことはないし、バターの質も上がってるから、昔よりも格段においしくなってる。生クリームとは違った味わいで、コクがあって濃厚だよ。うちではクリスマス用のブッシュ・ド・ノエルしかつくらないけど、機会があったら食べてみて」

「いいですねえ……ぜひ」

　箱を受けとった碧は、店を出ようとしたときにはっと思い出してふり返る。

「あ、蓮さん！　あんまりミケさんをいじめないでくださいね」

「人聞きが悪いな。そんなことしないよ。……たぶん」

最後のひとことが怪しかったが、これ以上はつっこまないでおこう。ふたりの関係が気になったものの、碧は「それじゃ」と言って店を出た。

時刻はもうすぐ十八時。今夜も『ゆきうさぎ』の料理とお酒を求めたお客たちが、暖簾をくぐってくることだろう。そして最初に戸を開けるお客は、おそらく――

（このケーキ、もしかして十和子さんのために……？）

一瞬、箱に目を落とした碧は、すぐに視線を上げて歩き出した。

「いらっしゃい、十和子ちゃん。今日はうちの娘と孫たちも遊びに来てくれたのよ」

雪枝の初孫である大樹とはじめて会ったのは、小料理屋「ゆきうさぎ」が営業をはじめてから三年目の春だった。

その日、十和子が夫と一緒に店に行くと、そこには見たことのない小さな子どもがふたりと、母親らしき女性がいたのだ。女性は雪枝の娘で、顔は写真で知っていたが、実際に会うのはこれがはじめてだった。老舗旅館の跡取り息子と結婚したそうで、いろいろと気苦労も多いだろうが、そんなものは微塵も見せることなく上品に微笑んでいる。

「雪村毬子と申します。この子たちは息子で……ほら、ご挨拶しなさい」

　母親の後ろに隠れて様子をうかがっていた息子のひとりが、ひょいと前に出た。白いうさぎのぬいぐるみを抱いているその子は、十和子と夫を見上げながら口を開く。

「こんにちは。ゆきむらだいきです！」

「はい、こんにちは。だいきくんっていうのね。いくつ？」

「えっと、四さいです！」

　もみじのような右手を突き出した大樹は、親指を折り曲げて「四」を示す。

「このうさぎさん、可愛いわね。パパかママに買ってもらったの？」

「ううん、おばーちゃんからもらったんだ。みずきはクマさん」

　はきはきと答える大樹に対して、もうひとりの息子は人見知りのようだった。十和子と目が合うと、恥ずかしそうにうつむいてしまう。それもまた愛らしい。

　そっくりな顔の兄弟だが、体は大樹のほうが大きいので兄だとわかる。年の差はひとつしかないそうなので、大人になれば双子と思われるかもしれない。腰をかがめた十和子は大樹の顔をまじまじと見つめた。

「これくらいの歳の子ってほんとに可愛いわよねえ。うちの孫はもう、いちばん下の子も中学生になったわ。子どもの成長ってはやいわよ。すぐ大人になっちゃうから、いまのうちにうんと可愛がってね」

「そうね。毬子もちょっと前までは、お友だちを引き連れてあちこち探検に行くようなおてんばさんだったのに。いまじゃ旅館の若女将だなんて」

「何十年前の話よ。ほんとにもう、いつまでもほじくり返すんだから」

甘えてくる下の息子をかまいながら、毬子が苦笑する。成人して母親になっても、雪枝にとって、毬子は娘以外のなにものでもないのだ。毬子のほうも、雪枝と接するときは娘の顔になっているのが微笑ましい。

「加賀さん、うるさかったらおっしゃってください。母屋に戻りますので」

「あら、かまやしないわ。なんだったら子守もするわよ。男の子がふたりだと大変よね。毬子ちゃんも少し息抜きしなさいな」

「そう言っていただけるとありがたいです」

ほっとしたように笑った毬子は、子どもたちを連れて奥の座敷に上がった。

今日は定休日なのでお客はいない。「ゆきうさぎ」は開業以降、コツコツと地元の人々からの支持を積み重ね、順調に固定客を増やしている。営業時間内は忙しく、ゆっくり話すことができないからと、休みの日に雪枝が招待してくれたのだ。

「おばーちゃーん！　おなかすいたー」

「はいはい、すぐにつくるわよ」

弟とぬいぐるみで遊びはじめた大樹がねだると、優しく答えた雪枝は、片手鍋の中に水と白砂糖、さらに黒砂糖も入れて火にかけた。しばらく煮てから水飴（あめ）を加え、小さじの醤油（しょうゆ）で香りづけをする。ほわん、とただよう甘い匂いには覚えがあった。子どものころ、雪枝の父がよくつくってくれたあのおやつを思い出す。

なつかしさに浸っていると、雪枝は乱切りにした皮つきのさつまいもを鍋に入れた。さつまいもは先に素揚げしておいたのだろう。何分か煮て糖蜜（とうみつ）を絡め、バットに移すと黒ゴマをぱらぱらとふりかけてから、最後にうちわであおいで冷ます。

「はい、お待たせしました。どうぞ召し上がって」

カウンター席に座った十和子と夫の前に出されたのは、いまでは手づくりおやつの定番になった大学芋。お皿に盛りつけられたさつまいもが、甘い糖蜜に絡まり、てかてかと光っている。十和子も子どもがまだ小さかったころは、雪枝から教えてもらった大学芋をたまにつくっていた。

厨房から出た雪枝は、座敷で待ち構える孫たちにもお皿を持っていく。

「まだちょっと熱いから気をつけなさいね」

「はーい」

「いただきまぁす」

大樹はもちろん、おとなしかった弟も目を輝かせて大学芋を頬張る。

「おいしーい！　おばーちゃんのおいもさん、お母さんのよりあまくておいしい」

「あら素直な子だこと。おばあちゃんにかなうわけないでしょうが！」

にやりと笑った毬子が、大樹を羽交い締めにしてぎゅうぎゅう締め上げている。当の大樹は「やめてー」と言いつつ嬉しそうだ。

ああやっぱり子どもは可愛い。自分の孫たちは成長してしまったが、あと何年かすれば今度は曾孫の顔を見ることができるかもしれない。そう思うと楽しみになってくる。

（まあ、それまで生きていられたらの話だけど）

苦笑した十和子は、大学芋を箸で挟んで口に運んだ。

まだぬくもりが残っているさつまいもを噛むと、表面を覆う糖蜜が、口の中でぱりっと音をたてる。ほくほくとした甘い芋の食感がたまらない。雪枝の大学芋は砂糖が多めに入っているので甘いのだが、濃いめの緑茶と合わせると、ちょうどよい味わいになる。

「美味いなぁ……」

隣の夫が幸せそうにつぶやいた。十和子がつくった料理に対しても、それくらいよろこんでくれたらいいのに、少し悔しい。相手は店を開けるほどの腕前なのだから、同じ位置に立とうとすること自体が無謀なのだけれど。

「十和子も昔、ときどきつくってくれたのに。最近はご無沙汰だな」

「だってけっこう面倒なんだもの。食べたかったらお店で買えば？　いまはスーパーのお惣菜のところに売ってるでしょ」

「えー……。こういうのはできたてが特に美味いんだよ」

　夫が子どものように口をとがらせた。そこまで食べたがっているのなら、久しぶりにつくってみるのもいいかもしれないなと思う。

「それにしてもこれ、どうして大学芋って呼ぶのかね？　大学と関係あるのか？」

「たしか、どこかの大学で売ってたんじゃなかったかしら。それで、日吉のおじさまがどこからかその話を聞きつけて、お品書きに加えたとかなんとか」

　十和子が首をかしげると、雪枝が「そうそう」と話に加わってくる。

「いくつか説があるみたいなんだけどね。帝国大学の学生さんが学費を稼ぐためにつくって売ったからとか、赤門のそばにあるお芋屋さんが売り出したからとか、あとは神田や高田馬場みたいな学生街で売られていたからとか」

「へえ……」

「お芋を糖蜜で絡めるおやつ自体は、中国から伝わったそうよ。だから関西だと中華ポテトっていうらしいわね」

「さすが雪枝ちゃん、詳しいのね」

「父の受け売りよ。料理人であり商売人でもあった人だから。流行っているって噂を聞けばすぐに飛んでいって、いいと思えばお品書きにとり入れてたもの。大学芋もいまでは家庭でつくるおやつとしても人気だし、見る目はあったのね」

他愛のない話を楽しみながら、十和子と夫は大学芋を平らげていく。

おやつの時間が終わり、しばらくぬいぐるみや電車のおもちゃで遊んでいた兄弟は、気がついたときにはそろって眠りこんでいた。母屋から大きなタオルケットを持ってきた毬子が、息子たちの体にそっとかける。

(毬子ちゃんたちに関しては、心配することなさそうね)

こまめに連絡をとり合っているようだし、こうして遊びに来るほど仲もよい。だが、雪枝が産んだもうひとりの子どもは――

「ねえ、雪枝ちゃん」

「なあに?」

「立ち入ったことを訊くけど……。息子さんとはどうなってるの? 連絡はあった?」

雪枝の動きが一瞬、ぴたりと止まった。その視線がちらりと座敷に向けられる。息子たちに添い寝していた毬子もまた、いつの間にか眠っていた。

「ここだけの話にしてほしいんだけど……。実は、ちょっと前に手紙が届いたのよ」

「手紙？　零一くんから？」

「ええ。息子の筆跡を見間違えるはずがないわ。前に住んでいたマンション宛てで、こっちに転送されてきたの。電話番号が書いてあったからすぐに連絡して」

「零一くん、いまはどこにいるのよ？」

「佐世保ですって。長崎県の」

「ええ？　それはまた、ずいぶん遠くまで行ったのねえ……」

雪枝は「私も聞いたときはびっくりしたわ」と苦笑する。

「なんでもお嫁さんがそっちの出身で、何年か前に引っ越したとか」

「結婚もしてたの？　零一くんって何歳だったっけ」

「二十九よ。毬子よりも三つ下。とりあえず生きてはいるから心配するなって。家庭を持ったなら一度くらいは顔を見せに来なさいって言ったんだけど……」

そのときのことを思い出したのか、雪枝は困ったようにため息をついた。

「あの子、純さんに似て頑固だから。いまさら合わせる顔がないとかなんとか、ぐだぐだ言ってたわ。曲がりなりにも自立はしたわけだし、普通に生活できていればそれでじゅうぶんなんだけど、詳しいことまでは教えてくれなくて」

「たしか大学を中退して、舞台役者をめざすって言ってなかった?」

「そう。それが原因で純さんと大ゲンカ。純さんとしては大学に入った以上、せめて卒業はしてほしかったのよ」

「まあ、親としては当然よね」

「それなのに、こっちになんの相談もしないで中退したものだから、純さんも頭に血がのぼっちゃってね。普段はおだやかなんだけど、そういう人ほど本気で怒ると怖いっていうでしょ。勘当(かんどう)だ! って言われたら、零一も売り言葉に買い言葉で」

「出て行っちゃったわけね……」

あの温厚な純平が激怒する姿など、十和子にはとても想像がつかない。だがよく考えてみれば、誰が相手でも同じ態度で接する人などほとんどいないだろう。

「零一くん、役者にはなれたのかしら?」

「そうねえ……。簡単になれるものでもないし、仮にかなったとしても、成功するのはほんの一握りよ。いまは東京にはいないし、別の仕事に就いたんだと思うわ。それならそれでもかまわないんだけど」

「ちゃんと働いていればね。子どもはいるの?」

「女の子がひとり生まれたみたいよ。大樹と同い年ですって」

「あら、よかったじゃない。初の孫娘！　遠いけど会いに行っちゃえば？」

雪枝は「勝手に押しかけたら向こうも困るわよ」と答える。

「写真は送るって言ってくれたから、いまはそれで満足よ。零一には零一の人生があるわけだし、いくら親とはいえ、成人した子どもの家庭にあれこれ口を出したらいけないと思うの。とりあえず、年に一度は電話しなさいとは言っておいたけど」

「零一くんはなんて？」

「気が向いたら、ですって。あの子らしいわね」

肩をすくめた雪枝は、力が抜けたような笑みを見せた。

「贅沢(ぜいたく)は望まないわ。人様に迷惑をかけずに、家族で元気に暮らしてくれるなら」

それはきっと、この数年をかけて彼女がたどり着いたひとつの答え。

自分の子どもとはいえ、人間をひとり育てるのだから、親の思い通りに行かないことのほうが多いだろう。そのたびに気を揉(も)んで、対立することもあるかもしれない。他人よりも身内のほうが、遠慮がないぶんこじれる可能性が高いと思う。

血のつながった家族で、同じ家で暮らしたとしても、性格や価値観がまったく同じになることなどあり得ないのだ。ふたつ以上の価値観がぶつかれば、当然、争いが生まれる。それは親子であっても変わらない。

――難儀なものね……。

座敷に視線を向けた十和子は、幸せそうに眠る親子の姿に目尻を下げる。

あどけない子どもたちは、これからどんな大人になっていくのだろう？

願わくは、遠く離れていても誰かを思いやれるような、優しい人になってほしい。そんなことを考えながら、十和子は雪枝が淹れてくれた熱いお茶に口をつけた。

「雪村さん、戻りましたー」

蓮から受けとったケーキの箱を手に、碧は「ゆきうさぎ」の格子戸を開けた。

とたんに鼻腔をくすぐったのは、思わずほっとするような煮物の香り。あと少しで予約の時間なので、最後の仕上げをしているのだろう。今日は定番の肉じゃがと、ひじきの信田煮、そして筑前煮がお品書きに入っている。

碧が厨房に入ると、コンロの前に立つ大樹が「おかえり」と笑いかけてきた。

「注文品、確認したか？」

「はい。おいしそうなバタークリームケーキでした。薔薇の飾りもきれいですよ。雪村さんの特注だそうですね」

「ああ。十和子さん、生クリームはあんまり好きじゃないんだ」

　その答えで、やはり彼女のためのケーキだったことが判明する。持ち手がついた箱の蓋（ふた）を開けた大樹は、中を見て満足そうにうなずいた。

「やっぱり桜屋に頼んでよかった。おじさんに会ったらお礼を言わないと」

「さっきお店にいたのは蓮さんでしたよ。人手が足りないからって」

「連休中は混むからな……。端午（たんご）の節句のお祝いでケーキを買う人も多いだろうし、それ専用の予約も受けてたはずだし」

「あ、昨日はこどもの日でしたね。そういえばお店の中にちっちゃな鯉（こい）のぼりがあった」

　ここ数年は近所で掲げる家が見当たらないため、忘れていた。

「タマは兄弟がいないから、あんまり縁がないのかな。うちは男ふたりだから、親たちが毎年はりきって鯉のぼりと兜（かぶと）を飾ってたよ」

「兜かぁ。わたし、子どものころはお雛（ひな）様よりもそっちのほうがほしかったんですよ。お雛様もきれいなんですけど、当時は兜のカッコよさにしびれちゃって」

　昔を思い出していると、大樹は「戦隊ヒーロー好きだっただけのことはあるな」と言って笑った。彼がケーキを冷蔵庫にしまっている間に、手を洗った碧はエプロンをつけて仕事の準備をととのえる。

「そうだ。蓮さんってミケさんと仲がいいんですか？」

「なんだよいきなり」

「蓮さん、これからミケさんと飲みに行くんですって。しかもふたりで。それも一度じゃなくて、今年に入ってから何度もあるとか。どう思います？」

「どうって言われてもな。それだけじゃなんとも」

「でもなんか怪しかったんですよ。ミケさんは逃げちゃうし、蓮さんは意味ありげに笑ってはぐらかすし。根掘り葉掘り訊くわけにもいかないから気になって」

うーんとうなっていると、冷蔵庫の扉を閉めた大樹がふり返った。表情は変わらなかったが、ほんの少しだけ不機嫌そうに見えるのは、気のせいではないと思う。

「あのな。人のこと気にするより――」

「え」

「……いや、なんでもない。ほらタマ、その鍋もう少し火弱めて」

「あ、はい……」

含みのある言い方が引っかかったものの、仕事をおろそかにするわけにはいかない。話を切り上げてコンロに近づくと、反射的にお腹が鳴った。頭の中では大樹が発した言葉の意味を考えているのに、胃袋はおかまいなしのようだ。

（うう……おいしそうすぎてつらい。ちゃんと腹ごしらえしてきたのに）

根菜と鶏肉を使った筑前煮は、「ゆきうさぎ」のお品書きの中でも、肉じゃがと並んで根強い人気を誇る定番のおかずである。

その名が示す通り、かつての筑前国――福岡で生まれた郷土料理だ。骨つきの鶏肉でつくるものは「がめ煮」と呼ばれ、寄せ集めるという意味の博多弁「がめくりこむ」から来た説と、スッポンと一緒に煮込んだから「亀煮」という説があるらしい。

大樹がつくる「ゆきうさぎ」の筑前煮は、一口大に切った鶏モモ肉と、レンコンにごぼう、里芋とニンジン、そして水で戻した干し椎茸と絹さやが使われている。根菜は下茹でをしてアクを抜き、さらにゴマ油で炒めてから煮ることでコクを出す。

（レシピを教えてもらったけど、同じ味にはならないんだよね）

碧も家で何度かチャレンジしてみたが、「ゆきうさぎ」で食べる筑前煮とは何かが違っていた。大樹はきっと、本人も気づいていないような小さなコツを積み重ねることで、味に深みを出しているのだろう。

煮汁の配合は先代女将から引き継いだそうで、甘さと塩気がちょうどよい具合に混ざり合ったそれは、簡単なようでいてなかなか出せないプロの味。丁寧にアク抜きした根菜に鶏肉と煮汁の旨味を染みこませた筑前煮は、一品だけでも立派なごちそうだ。

コトコト煮込まれる鍋を見つめていると、大樹が顔を上げた。

「六時になったか」

「暖簾出してきますね」

碧は白い暖簾と竹竿を手に、店の外に出た。

夏至に向かって日が長くなっているため、空はまだ明るい。いつものように踏み台を使って暖簾を吊り下げる。作業を終えて店内に戻ろうとしたとき、駅のほうからこちらに向かってゆっくりと歩いてくる老婦人の姿が目に留まった。

（わ、可愛い）

赤とピンクの花柄が印象的なシルバーカーを押す彼女は、かなりのお年を召していると思われた。小柄で痩せてはいたが、腰は曲がっていなかったし、足取りもしっかりしている。レトロな帽子をかぶり、小花模様がプリントされたワンピースに真珠のネックレスと、Tシャツにジーンズ姿の碧とはくらべものにならないほどお洒落をしていた。

老婦人の連れなのだろう。高校生くらいの男の子が隣を歩いている。

やがて碧の前までやってきた彼女は、にこりと笑って話しかけてきた。

「お店の方かしら」

「はい。加賀さまでいらっしゃいますか？」

「ええそうよ。もしかして電話に出てくださった方？　さっきはご丁寧にありがとう」

「いえいえ、お待ちしておりました。どうぞお入りください」

笑顔になった碧は、十和子からカートをあずかった。戸を引くと、彼女は嬉しそうな表情で店内に入っていく。少年のほうはこういった店がはじめてなのか、少しためらってはいたものの、「お邪魔します」と言って暖簾をくぐった。

「いらっしゃいませ。遠いところからありがとうございます」

「ご無沙汰してるわね、大樹くん。ちょっと見ない間に貫禄がついたじゃないの。立派な若店主さんって感じで素敵よ」

「十和子さんもお元気そうでよかった。今日は一段と洒落てますね」

「東京は久しぶりだから、いつもより気合いを入れてみたの。おめかしすると心も華やぐわね。ご近所を散歩するだけじゃ張り合いがなくて」

十和子はかぶっていた帽子を脱いだ。短く切りそろえた白い髪があらわになる。

「それにしても、すっかりいい男になっちゃって。うさぎさんのぬいぐるみが大好きな可愛い男の子だったのに、大きくなったものよねえ」

「と、十和子さん。いきなりその話ですか……」

困ったような大樹の顔を見て、十和子は楽しげに笑う。

大樹は普段、厨房でお客を出迎えているが、今日はめずらしく外に出ていた。カウンター席の椅子を引き、十和子の着席を手伝う。一方で、彼女の隣に腰かけた少年は、興味津々といった表情で店内を見回した。

「ああ、この子は曾孫の孝弘よ。国分寺に住んでいて、東京駅まで迎えに来てくれたの。だからお礼に何かごちそうしてあげようと思って。若い男の子が好きそうなお料理、何かあったら出してもらえる?」

「そうですね……。これくらいの年頃なら、野菜や魚よりは肉だよな」

孝弘の顔をじっと見つめた大樹は、「だったら」と提案する。

「ビーフカツレツなんてどうですか? 薄切りの牛肉を重ねたものに、溶き卵とパン粉をつけて揚げるんです。トンカツよりは食感が軽いですけど、うちではチーズを挟むのでボリュームがありますよ。白米と合わせて食べてもいけるし」

説明を聞いているうちに、孝弘の表情がみるみる輝いていく。

「ひぃばあちゃん! 俺、それが食べたい。ご飯は大盛りで!」

「はいはい。それじゃ大樹くん、お願いできるかしら。私は予約のときに伝えた通り、筑前煮とご飯を一膳。あと、汁物とお新香もいただける?」

「わかりました。タマ、十和子さんの注文を頼む」

「了解です！」

大樹がカツレツを揚げている間に、碧はほどよくあたためておいた筑前煮を和食器に盛りつけた。底にうさぎが描かれていて、完食すると見えるようになっている。

続けて炊き上がったばかりの五穀米を茶碗によそい、鯵のつみれ入りのお吸い物とナスのぬか漬けを用意した碧は、器をひとつずつカウンターの上に置いていった。筑前煮に目を落とした十和子は、なつかしそうに表情をゆるめる。

「ああ、この花形ニンジン。雪枝ちゃんも同じ細工をしていたのよ」

(雪枝ちゃん……)

先代女将の名を口にした十和子は、在りし日の友を思い出すかのように、優しい顔をしていた。それだけで、彼女たちがどれだけ仲のよい友人同士だったのかがわかる。

「つくり方を教えてもらったのに、何度やっても同じ味にならなくてね」

「ああ、わたしもそうです！　雪村さんからレシピを教わってつくってみたんですけど、何かが違って」

「あらまあ、お嬢さんも？　簡単なようでいてむずかしいのよね」

苦笑した十和子は、「いただきます」と言って箸をとった。鶏肉、里芋、そしてニンジン。じっくりと噛みしめて味わっていく。

「これ、めっちゃおいしい！　衣がサックサク！」

彼女の横では、揚げたてのビーフカツレツを、孝弘が夢中で頬張っていた。年頃の男の子らしく食欲が旺盛で、てんこ盛りのご飯がみるみるうちに減っていく。やがて茶碗とお皿を空にした彼は、食べ足りないのかお品書きに目を向けた。

「好きなものを頼みなさい。ただしお酒はだめよ」

「よっしゃ！」

小さくガッツポーズをした孝弘が、いそいそとお品書きに手を伸ばす。

自分の目の前で、誰かがおいしそうに何かを食べる姿を見るのは好きだ。

次の料理を選ぶ孝弘を見つめながら、碧はそんなことを思った。食事とはすなわち、生きるための力をつけること。食欲を失ったらどうなるのか身をもって経験したから、生きと食べる人を見ていると安心するし、こちらの気力も湧いてくる。

「この筑前煮、日吉のおじさまの味を思い出すわね」

ふいに手を止めた十和子が、ぽつりと言った。

「おじさまから雪枝ちゃん、そして大樹くんに伝わったのね。おじさまたちはもうこの世にはいないけど、こういった形で故人を偲ぶことができるのも素敵だわ。私にもそういうものが遺せるのかしら」

「ひぃばあちゃんの味……」

孝弘が小首をかしげた。ややあって思い出したように声をあげる。

「あれだ！　ひぃばあちゃんの家に行くとさ、いつもつくってくれたじゃん。大学芋」

「大学芋ねえ……。あれは何十年も前に、雪枝ちゃんから教わったのよ。でもちょっとお砂糖を少なくしてるから、雪枝ちゃんの味とは違うわね」

「ほんとはもっと甘いのか。でも、俺はひぃばあちゃんの味つけのほうが好みだな。店で売ってるやつよりおいしいから。あーまた食べたくなってきた」

「そんなこと言われたら、明日にでもつくってみたくなるじゃないの」

素直な賛辞が嬉しかったのだろう。十和子は口元をほころばせている。

孝弘の母は仕事を持っているため忙しく、祖母は彼が物心もつかないときに、病気で亡くなっているそうだ。幼い孝弘は当時、十和子の家の近くに住んでいたので、両親が多忙なときは曾祖母である彼女にあずけられていたらしい。

（おばあちゃん子なんだろうな）

いまは離れて暮らしていても、孝弘が十和子を慕っていることは、ふたりの会話や態度でわかった。東京駅までわざわざ迎えに行き、ここまで付き添ってきたことも、そんな背景があるからなのだろう。

「――あら、可愛い。うさぎがいるわ」

筑前煮を食べ終えた十和子が、器の底のうさぎに気づいて微笑んだ。碧が選んだ食器なのだと大樹が言うと、彼女はしみじみとした口調で「なるほどね」とつぶやく。

「雪枝ちゃんも昔、似たようなことやってたのよ」

「そうなんですか?」

「食後にも小さな楽しみをって。なつかしいわね……」

目を細めた十和子は、「ごちそうさまでした」と言って箸を置いた。新茶を淹れた湯呑みを出すと、満足そうな顔で口をつける。

「デザートもありますけど、召し上がれますか? 平気そうなら用意します」

「ああ、いいわね。ちょうど甘いものが食べたかったの。お願いできる?」

「わかりました。すぐにお持ちしますね」

空になった食器を下げた大樹は、裏の大きな厨房に入っていったかと思うと、桜屋洋菓子店で注文したケーキを載せたお皿を持って戻ってきた。真っ白なラウンドプレートの縁(ふち)には、繊細なレース模様がほどこされている。

「十和子さん。今日、誕生日ですよね。米寿(べいじゅ)の」

米寿――八十八歳になったのか。明るい話題に、碧はぱっと笑顔になる。

「お誕生日ですか！　おめでとうございます」

目を丸くしていた十和子は、やがて相好を崩してうなずいた。

「ありがとう。でも、どうしてわかったの？　私、大樹くんに教えた覚えはないのに」

「先代から聞いていたんですよ。毎年、誕生日には旦那さんと一緒にうちに来て、先代と三人で祝っていたって」

「ええ、そうよ。誕生日には雪枝ちゃんが私の好物をつくってくれてね。出不精の旦那もこの日だけは東京までつき合ってくれて……」

カウンターの上に置かれたバタークリームケーキを、十和子はおだやかに微笑みながら見つめる。亡くなった人と会うことはできなくても、彼女の記憶の中では、友人や夫と積み重ねた思い出が色あせることなく輝いているに違いない。

「もしかしてこれ、お向かいで買ったの？」

「はい。桜屋洋菓子店です」

「桜屋さんね。あのお店は私が子どものころ、駄菓子を売っていたのよ。お小遣いをもらったら、雪枝ちゃんを誘ってたまに買いに行ってたわ。洋菓子店に鞍替え（くらがえ）したのは時代の波ね。この町も、昔の面影（おもかげ）はほとんど残っていないもの」

「……………」

「でも、しかたのないことよね。時間がたてば、人も町も変わっていくから」

十和子は自分の両手を眼前に掲げた。肉がそげ落ち、骨と皮が目立つ手。けれどそれは彼女が長い年月を生き抜いてきた証(あかし)でもある。その手は何かをつかみとることもあっただろうし、大事なものがこぼれ落ちたこともあったかもしれない。

「ひよし食堂はもうないけど、『ゆきうさぎ』ができたし、駄菓子のお店は洋菓子店になった。日吉のおじさまも雪枝ちゃんも、旦那も亡くなってしまったけれど、その血を継いだ大樹くんや孝弘が生きている。そうやって、これからもつながっていくのね」

激動の時代を経験している人だから、その言葉には重みがあった。ふっと笑った十和子は、しんみりとする空気を変えるかのように明るい声を出す。

「昔話はこれくらいにしておきましょう。大樹くん、このケーキふたつに切ってもらえるかしら。半分は孝弘に」

「わかりました。ちょっと待っててくださいね」

ナイフをとり出した大樹がケーキを切っている間、孝弘はそわそわと落ち着きなく視線をさまよわせていた。気づいた十和子が「どうしたの?」と声をかける。

「わかった。お手洗いでしょ。だったらそこのレジの奥に……」

「違うって!」

即答した彼は、椅子の背にかけてあるボディバッグに手を伸ばした。ファスナーを開けて中からとり出したのは、丁寧にラッピングされた立方体の箱。バッグが妙な形にふくらんでいると思っていたのだが、それが入っていたからか。

「これ、ひぃばあちゃんに」

「私に……？」

「だから、誕生日プレゼントだよ。忘れるわけないじゃん。しかも今年は特におめでたい歳なんだろ。うちの親だってちゃんと覚えてるし、お祝いしようとしてる」

「そうなの？　でも、昨日電話したときは何も言ってなかったわよ？」

「ひぃばあちゃんがうちに来たら、サプライズで祝うつもりみたいだよ。いまバラしちゃったら意味ないんだけど……。母さん今日は仕事だけど、明日は有休とったからごちそうつくるんだってはりきってた」

「あの子、お休みまでとってくれたの？　忙しいでしょうに……」

十和子の口ぶりからして、孝弘の母は彼女の孫娘なのだろう。

孝弘からプレゼントを受けとった十和子は、よろこびを隠せずにいる。「これ、開けていい？」と言った彼女は、いそいそと包装紙をはがしていく。やがて箱の中からあらわれたのは、小ぶりの湯呑みだった。十和子の手にちょうどなじむ大きさだ。

「小遣いで買ったから、たいして高いものじゃないけど」

「何言ってるの。値段なんか関係ないわ」

湯呑みを両手で持ち上げた十和子は、声をはずませ「ありがとう」と言った。一方の孝弘は、照れくさそうにそっぽを向いている。

おそらく十和子に会ったときから、渡すタイミングをはかっていたのだろう。そう思うと微笑ましい。半年ほど前、碧にシュシュをプレゼントしてくれた大樹の姿がよみがえって、胸の奥がくすぐったくなる。

「名残惜しいけど、ケーキを食べたら帰りましょうか。——大丈夫よ。サプライズのことは聞かなかったことにしておくから」

いたずらっぽく笑った十和子は、大樹が切り分けたデコレーションケーキにフォークを入れた。口に運んで咀嚼(そしゃく)すると、驚いたように目を見開く。

「あらまあ……。近頃のバタークリームってこんなにおいしいの？　昔はもっとこう、脂っぽくて胸焼けがする感じでね。ぜんぜん違うからびっくりしちゃった」

「材料の質が上がってますからね。桜屋はバターも卵もいいものを使ってますし」

「最近は和菓子ばっかりで、洋菓子はご無沙汰だったのよ。バタークリームなんて何年ぶりかしら。これならまた食べてみたいわね」

なごやかに会話をかわしながら、十和子と孝弘はケーキを平らげていく。

「あ、メッセージ来てる……。母さん、仕事終わったってさ」

「ちょうどいいわね。いま出れば、帰る時間は同じくらいになるだろうし」

そして食後のお茶を飲み終え、帰り支度をととのえると、大樹と碧はふたりを見送るため出入り口に向かった。大樹が格子戸を開け、シルバーカーを押した十和子がゆったりとした足取りで外に出る。

「大樹くん、今夜は素敵な時間をありがとう。高崎に帰る前には、雪枝ちゃんと純平さんのお墓にもお参りに行ってくるわね」

「先代もよろこびますよ。『ゆきうさぎ』にもまたいらしてください」

「もちろんよ。お迎えが来る前に、大樹くんのお料理をたくさん食べておきたいわ。それでいつか向こうに行ったら、雪枝ちゃんへのお土産話にするの。二回目の東京五輪も近いことだし、せっかくだからそれも観たいわね。我ながらしぶといわ」

楽しそうに言った十和子は、「じゃあまたね」と踵を返した。孝弘も彼女の歩調に合わせて歩きはじめる。

ふたりの姿が人混みにまぎれて見えなくなると、碧は思わずつぶやいた。

「いいなあ」

「何が？」

「十和子さんですよ。あの歳になるまで健康で、お洒落もできて、おいしいものも食べられるなんてうらやましいじゃないですか。ご家族にも大切にされてるし。わたしもいつかあんなおばあちゃんになりたいな」

「タマは歳をとっても、食欲だけは衰えなさそうだ」

「ふふふ。米寿になってもカツ丼大盛りを平らげるのがわたしの夢です」

軽口を叩くと、大樹は「元気すぎるおばあちゃんだな」と笑った。

孫娘の家に着いた十和子は、きっと家族から盛大にお祝いをしてもらうのだろう。

八十八歳の夜は、まだまだ長い。

第3話　父と娘のお弁当

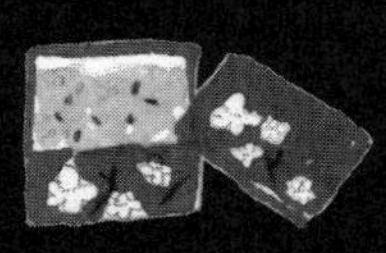

電車が最寄りの駅に着いたとき、玉木浩介（たまきこうすけ）はいつもの癖で電光掲示板に目をやった。

（九時過ぎか……）

同じ駅で降りた人々が、立ち止まる浩介の横を足早に通り過ぎていく。

連休が終わり、羽を伸ばしていた勤め人も、すっかり普段の生活に戻っている。ラッシュ時ほどではないにしろ、車内はくたびれたスーツ姿の会社員や、飲み会の帰りらしき若者たちでそれなりに混雑していた。

これが終電近くになれば、逃してなるものかと駆けこむ人々でまた混み合う。何度も経験しているので、その様子は容易に想像できた。

電車が去り、周囲にも人がいなくなる。静かになったホームで、黒縁の眼鏡を押し上げた浩介は、通勤鞄から携帯電話をとり出した。自宅の番号を表示して、電話をかける。

『はい、玉木です』

数回の呼び出し音のあと、娘の碧（あおい）が電話に出た。

駅に着いたら連絡を入れる。それは夕食の支度をしてくれる娘との約束だったが、元は三年前に亡くなった妻、知弥子（ちやこ）とかわした決まりごとでもあった。

――いきなり帰ってきても、すぐに食事が出せるわけじゃないの。こっちにも準備ってものがあるんです。ご飯をチンしたり、お惣菜（そうざい）をチンしたり。

だから帰るときには連絡するよう、結婚したばかりのころに言われたのだ。

「碧、いま駅に着いたよ。これから帰る」

『お疲れさまー。今日も残業だったんだ。ご飯つくってあるけど食べる？』

「ああ、夕食はまだとっていないから。何か買ってきてほしいものがあれば言いなさい」

『うーん、そうだなぁ……。あっ！　ちょっとアイスが食べたいかも。氷系のやつ。コンビニ行こうかなって思ったんだけど、面倒になっちゃって』

「アイスだね。わかった」

通話を切った浩介は、携帯を鞄に戻した。階段をのぼって改札に向かいながら、娘との会話を反芻する。

（碧の声……やっぱり知弥子に似てきたな）

直接聞くとそうでもないのだが、なぜか電話のときだけは、娘の声が知弥子のそれと重なることが多々あった。携帯電話から聞こえる声は、本人とよく似た合成音声に変換されているらしいが、声質は元々似ているのだろう。せつなくなる反面、娘の中に亡き妻の気配が少しでも残っていることが嬉しかった。

改札を出た浩介は、駅前商店街を通って帰路についた。時間が遅いのでほとんどの店が閉まっていたが、宵っ張りの飲み屋やスナックには、まだ明かりが灯っている。

昔ながらの小さな飲み屋の前を通ると、カラオケでもしているのか、演歌を熱唱する男性の声が漏れ聞こえてきた。

こういった店は古くからの常連でもっているから、少数の仲間たちで気楽に過ごしているのだろう。自分は人前で歌えと言われたら逃亡したくなるタイプなので、この店では楽しめないだろうけれど。

浩介が好んで通っているのは、ほどよくにぎわい、のびのびとくつろぎながら酒と料理を堪能できる小料理屋。商店街のはずれで、その店は静かに営業している。

白い暖簾と格子戸、そして黒い瓦屋根。「ゆきうさぎ」はいまから十五年前、浩介がこの町に引っ越してきたときから、変わらずそこに存在している。もちろん、当時と何もかもが同じというわけではないが……。

店の前を通り過ぎた浩介は、ひと気がなくなった道を歩きながら物思いにふける。

(『ゆきうさぎ』にはじめて入ったのは、知弥子が入院したときだった)

いまのマンションに移り住む前、自分たち一家は練馬区にある賃貸アパートの一室で暮らしていた。碧が小学校に上がるとき、この機会に郊外に家を買おうと決め、ちょうど売り出されていた新築の分譲マンションを購入したのだ。

「ついに買っちゃったわねー。頑張って働いてローン返済しないと!」

中学校の教員免許を持つ知弥子は、浩介と結婚してからも仕事を続けていた。籍を入れた翌年に碧を妊娠したときは、休暇をとったのちに復職している。

「大丈夫なのか？　体のこともあるし……」

知弥子は生まれつき、人より少し心臓の機能が弱かった。そのせいで子どものころは行動を制限されていたそうだが、成長するにつれて丈夫になり、日常生活を送るぶんには支障がない程度にまで回復したのだ。

しかし出産となると、健康な女性でも体に大きな負担がかかる。子どもができたことは嬉しかったが、知弥子の体が耐えられるのかが心配だった。医師からは問題ないと言われたものの、浩介としてはこれを機に仕事を辞め、家で静かに過ごしてほしかった。

浩介は都内の製薬会社に就職し、研究員として働いている。自分の稼ぎだけでも妻子を養える自信はあったが、知弥子は仕事をしたいと言った。彼女にとって生徒と触れ合うことは、生活の糧であると同時に、生きがいだったのだと思う。

「無理はしないわ。体がつらくなったときはちゃんと休むから」

「我慢だけはしないでくれよ。それで倒れでもしたら、こっちの寿命が縮まる」

「だから大丈夫だってば。校長先生と相談して、しばらくは負担の少ない仕事をさせてもらうようにするから」

浩介の心配を笑い飛ばした知弥子は、育児休暇を終えると職場に復帰した。

それから数年は特に何も起こることなく、平穏な日々が過ぎていった。マンションを買って引っ越しをすませ、碧も無事に小学生になった。知弥子は市内の学校に勤め、担任や部活動の顧問を引き受けるようになっていたのだが——

ある日、職場にかかってきた一本の電話。

『玉木先生のご主人ですか？　お仕事中に申しわけありません。実は……』

それは知弥子の勤め先である学校からだった。部活の指導中に倒れ、救急車で運ばれたことを知り、青ざめた浩介はすぐに会社を早退し、搬送(はんそう)先の病院に向かった。

「奥様ですが、不整脈の症状が出ていますね」

知弥子を診察した医師は、詳しい検査をするための入院を告げた。

碧の学校は夏休みに入っていたが、仕事がある自分は面倒を見ることができない。まだ七歳の子どもをひとりで家に置いておくわけにもいかず、困り果てていると、事情を知った義母が碧をあずかろうと言ってくれた。当時は新薬の開発が佳境に入っており、職場に泊まりこむ日も多かったので、その申し出はありがたかった。

「碧、お母さんが戻ってくるまで、おばあちゃんの家でいい子にできるね？」

「……うん。わかった」

碧は聞き分けよくうなずいたが、いまから思えばいろいろなことを我慢していたのだろう。母親が入院して不安だったはずなのに、浩介には何も言わなかった。けれどそれは強がりに過ぎず、義母の家にあずけられた碧は、夜中に布団の中で泣いていたらしい。

――こういうとき、父親である自分はどうすればいいのだろう？

義母から話を聞いた翌日、仕事を終えた浩介は、とぼとぼと家路についていた。

帰宅しても、迎えてくれる人は誰もいない。真っ暗な家に入るのが嫌で、重たい気分を引きずりながら歩いていたとき、ふと一軒の店が目に留まった。

「ゆきうさぎ……」

夜風に揺れる白い暖簾に、黒の重厚な瓦屋根。

普段は通り過ぎるだけだった店が、そのときはなぜか気になった。格子の引き戸の奥に灯る、優しい明かりに引き寄せられたのかもしれない。

――家に帰ってもひとりだし、ここで少し時間をつぶしていこうか……。

手を伸ばした浩介は、格子戸をそっと引いた。

「いらっしゃいませ」

中に足を踏み入れると、落ち着いた女性の声が迎えてくれる。カウンターの内側で微笑(ほほえ)んでいたのは、着物に割烹着(かっぽうぎ)という定番の格好をした、年配の女将(おかみ)だった。

縦に長い店内は、飴色のカウンターに四人掛けのテーブルが三つ、そして奥にある座敷で構成されていた。奥行きがあるため、外観から予想していたよりは広い。

しかし二十一時を過ぎていたので、客はふたりしかいなかった。自分を含めた全員が中高年の男性で、それぞれ離れた席に腰かけて飲んでいる。騒がしい店も気詰まりするほど静かな店も苦手だが、この落ち着いた雰囲気は悪くなかった。

「お好きな席へどうぞ」

女将にうながされ、浩介はカウンターに向かった。六席とも空いていたが、真ん中には座らず、端の椅子を引く。席に着くと、女将がお茶とおしぼりを出してくれた。

「お仕事帰りですか？　遅くまでお疲れさまです。この近くにお住まい？」

「ええ、まあ……」

「ご来店ありがとうございます。こちらお品書きね」

差し出されたお品書きには、浩介にもなじみ深い家庭料理の名前がずらりと記されていた。日本酒や焼酎、ビールといった酒類もそろっている。ずっと仕事をしていたから空腹のはずなのに、お品書きが単なる文字の羅列にしか見えない。

疲れているのだろうか？　頭がうまく働かない。

「ご注文、いかがなさいますか？」

「ええと……。この店のおすすめがあれば、まずはそれで」

自分が何を食べたいのかもわからず、適当なことを言う。浩介の顔をちらりと見た女将は、「少々お待ちくださいね」と告げると、コンロに鍋を置いて火をつけた。

――あの中には、いったい何が入っているのだろうか？

お通しとして出されたのは、近所の豆腐屋で手づくりしているという、絹ごし豆腐の冷や奴だった。薬味と醤油を合わせ、ぼんやりとした気分で口に運んでいると、やがて女将が和食器に盛りつけた煮物を浩介の前に置く。

「お待たせしました。うちで一番人気のお料理です」

「肉じゃが……ですか」

「あら、もしかしてお嫌いでした？　だったら別のものをお出ししますけど」

「いえ……煮物は好きですよ。いただきます」

そう言って、浩介は器に箸を伸ばした。おすすめと言うからには、もっと凝った料理が出てくるのかと思ったのだが、意外に普通だ。

この店の肉じゃがは、実家の母がつくっていたものとも、知弥子のそれとも少し違う。牛肉を使っているのは同じだったが、こちらには絹さやとしらたきが入っていた。型崩れしていない、きれいな形のジャガイモを口に入れ、奥歯で割る。

次の瞬間、口の中に広がった味に、浩介は大きく目を見開いた。

ほっくりとした食感のジャガイモに、自分好みの甘さに味つけされた煮汁。咀嚼して飲みこむと、体の中が少しだけあたたかくなる。

そのときようやく、浩介は自分の手足が冷え切っていることに気がついた。冬でもないのになぜ、と思う反面で、だから頭の回転が鈍かったのかとも思う。そういえば、今日は昼食もろくにとらずに仕事に没頭していた。

「白いご飯もありますよ。召し上がりますか？」

「お願いします」

即答した浩介は、脇目もふらずに食事に集中した。女将がよそってくれた白米を、しっかりと味がついた牛肉と一緒に頬張る。舌の上で脂身がとろけ、白米のほのかな甘さと混じり合うさまは、なんとも言えない至福の瞬間だ。

歳を重ねて舌が肥えていくと、何かを食べて感動することは少なくなる。だからこんな感覚を覚えたのは、本当に久しぶりのことだった。しかもそれは、高級食材でも珍味でもなく、ごく普通の肉じゃがなのだから驚きだ。

肉のかけらはもちろん、米粒ひとつ残さず料理を平らげると、浩介の顔を見た女将がほっとしたように言った。

「ああ、よかった。さっきより頬に赤みがさしてるわ」

「え?」

「お客さん、ここに来たばかりのときは、顔に血の気がなかったのよ。雪みたいに真っ白だったの。でもいまは大丈夫そうね。目にも生気が戻ってきてるし」

にっこり笑った女将は、「日本酒はいける口?」とたずねてきた。

うなずくと、仕入れたばかりだという純米吟醸酒をぐい呑みにそそいでくれる。丁寧に米を磨きこんだのだろう。飲み口を顔に近づけると、果物のようなさわやかな香りが立ちのぼる。口内で感じる米の甘みと、ほんのりとした酸味が心地よかった。

「そういえば、お客さん。差し出がましいようだけど、ご家族と一緒に住んでいらっしゃる?　だったらもう十時近いし、連絡しておいたほうがいいんじゃないかしら。おひとりならかまわないけど、ご家族がいたら心配されるでしょう」

「家族……」

脳裏に妻子の顔が思い浮かび、浩介は力なく肩を落とした。

何か事情があるのはわかっているのだろうが、女将は何もたずねてはこない。それでもこちらから話をふれば、最後まで聞いてくれるような気がした。悶々とした気持ちをかかえたまま帰りたくはなかったので、迷った末に口を開く。

「……情けない話なのですが」

　酔った勢いもあって、浩介はこれまでに起こったことをぽつぽつと語った。

　妻が体調を崩し、入院したこと。幼い娘を義母にあずけたこと。その娘が不安で泣いているのに、どうすればいいのかわからないこと……。

「頼りないですよね。親なのに、子どもとの接し方に困るなんて」

「お気持ちはわかります。でもね、はじめから完璧で、子育てにまったく迷わない親なんてほとんどいないと思いますよ」

　おだやかに言いながら、女将は空になったぐい呑みに、もう一杯日本酒をそそぐ。

「私も子どもをふたり育てましたけど、いまから思えば迷ってばかりでしたよ。数え切れないくらい失敗もしました。それが普通なんです。親とてひとりの人間ですからね。お客さんみたいに悩んで、考えて、そうやって親も一緒に成長していくんですよ」

「……………」

「これは個人的な助言になりますが……。毎日会うのがむずかしいなら、娘さんと電話で話してみたらどうでしょう？　ただでさえお母さんと離れてさびしがっているのに、お父さんにまで放っておかれたら、娘さんが傷つきます」

「電話ですか。でも、どんな話をすれば」

恥ずかしながら、自分と碧は知弥子を挟まず、ふたりきりで話したことがあまりない。

「そうですねえ……。夏休みだから学校の話はできないし」

小首をかしげた女将は、ややあって「だったら」と続ける。

「簡単に答えられる質問をしましょう。昨日の夕食はなんだったとか、朝は何を食べたのかとかでいいんじゃないかしら。別に意味のある会話をしろと言っているわけじゃないんです。大切なのはお互いの声を届け合うこと」

「声を……」

「それで、娘さんがほかの話をしてきたら、ちゃんと聞いてあげてください。あとはそうね、いい子にしていることを褒められたら嬉しいと思います。子どもは大人の気持ちに敏感ですから、誠意を持って接すれば、きっと伝わるはずですよ」

女将の言葉のひとつひとつが、心の奥にじんわりと染みこんでいく。

（知弥子は碧をよく叱るけど、同じくらい褒めてもいたな……）

誰だって、他人から褒められたら嬉しいのだ。それが親ならなおのこと。

ふたたびぐい呑みを手にした浩介は、日本酒を一気に飲み干した。女将に話を聞いてもらったおかげか、苦しかった胸のつかえがとれ、すっきりとした気分になっている。この人に相談してよかったと、心からそう思った。

「女将さん、ありがとうございます。明日、さっそく娘に電話してみますよ」

「そうですか。お役に立ててよかったわ」

晴れ晴れとした表情の浩介を見て、女将は安心したように胸をなで下ろす。

「奥様、はやく元気になられるといいですね」

「検査の結果は出てるんです。大がかりな手術はしない治療になったので、そんなに長い入院にはならないかと」

「それなら一安心ね。学校の先生は何かと大変でしょうけど、立派なお仕事ですよ。ところでお客さん、奥様との出会いのきっかけは何かしら。普通にお見合い？」

「え？　その……。大学は別だったんですけど、よく行く喫茶店の常連同士で」

「あら！　それはますます素敵だわ。ちょっと詳しくお話聞かせて」

「え、いや、あの……」

「今夜はおひとりなんでしょう？　家が近所なら閉店時間までいても大丈夫よね。おつまみもたくさんありますから、ゆっくりしていってくださいな」

目を白黒させていると、女将は「これはサービスだから」と言って、三杯目の日本酒をそそいでいく。いい具合に酔わされてしまい、それから閉店を迎えるまで、浩介は妻とのなれそめから結婚に至るまでの経緯を、洗いざらい語ってしまった。

「またいつでもいらしてくださいね。お待ちしております」

帰りぎわ、出入り口まで見送ってくれた女将は、笑顔でそう言ってくれた。しかしあまりにも恥ずかしすぎて、もう行けないと思ったことを憶えている。

あれから十年以上の時が過ぎたが、浩介は「ゆきうさぎ」の常連として、いまも足繁く店に通っている。あのときの自分が知ったら、きっと驚くに違いない。


（お父さん、そろそろ帰ってくるかな）

机に向かっていた碧は、勉強をいったん中断して立ち上がった。

夕食はすでにつくっておいたので、あとはあたためるだけだ。

今夜のメニューは鮭の切り身を白味噌に漬けてグリルしたものと、小松菜と油揚げの煮浸し、そしてご飯とお味噌汁。父はこれだけあれば満足してくれるが、碧には物足りなかったので、小腹対策用に買っておいたレトルトカレーと大盛りライスも平らげた。

電子レンジであたため直した料理の器を並べていたとき、玄関のインターホンが鳴る。

内鍵とチェーンをはずしてドアを開けると、右手には通勤鞄、左手にはコンビニのレジ袋をふたつ手にした父が立っていた。

「ただいま。ほらこれ、頼まれてたアイス」

「ありがとー。お風呂入ってから食べよ」

「それからこっちは明日の食パン。たしかあと一枚しか残ってなかったはずだから」

「え、そうだっけ？　気づかなかった」

袋をのぞくと、最近よく食べている銘柄（めいがら）の、六枚切り食パンが入っていた。

「むむ？　このおいしそうなマーブルチョコパンはなんですか」

「それは……僕のだよ。明日の朝に食べたくて」

玉木家の朝食は、ここしばらくはパンが多い。和食は週に一度で、あとの六日はトーストに卵料理、そしてベーコンかウインナーを焼いたものですませている。父が仕事帰りにおにぎりやサンドイッチを買ってきてくれることも多かった。

「しばらくは忙しいだろう？　家事は適当でいいから、試験勉強に集中しなさい。僕もできるだけ、自分のことは自分でやるようにする」

そう言った父は、これまで行っていたお風呂掃除に食器洗い、ゴミ出しに加え、ほかの家事についても協力してくれるようになった。休日には洗濯機を回して掃除機をかけ、ブラシを手にトイレ掃除にも精を出す。碧が書いたメモを持ち、車を運転して大型スーパーやホームセンターまで買い出しに行くことも増えた。

「碧も来年は卒業だし、いつまでもこの家にいるとは限らないだろう。就職したり結婚したりすれば、環境も変わっていくからね。だからそろそろ、一通りの家事ができるようになっておかないと」

はじめは室内を丸く掃くだけだった掃除も、最近は少しずつ隅(すみ)まできちんとやってくれるようになり、かかる時間も少なくなった。その一方でアイロンがけは苦手らしく、仕事用のワイシャツのしわがなかなかうまく伸ばせず、悪戦苦闘している。

「いろいろやるようになってわかったよ。家事って思っていた以上に大変なんだな……」

「お母さんが生きていたころは率先してやってくれたから、それに甘えてたね」

「仕事もあるのに、面倒だっただろうな。もっと協力していればよかった」

母の苦労を思って、そのときは父娘(おやこ)でため息をついた。

(お母さん、家事は得意だったからなあ。なんたって家庭科の先生だもん)

だからといって、母が碧に家の手伝いを強要するようなことはしなかった。学生のうちは家のことより、勉強や部活に専念するべきという教育方針だったからだ。それでも母の忙しさは知っていたので、自分のできる範囲で協力してはいたけれど。

『基本的な家事は、大学生の間にゆっくり覚えていけばいいのよ。就職したらひとり暮らしになるかもしれないしね。大学に入ったら、お料理も少しずつ教えていくから』

『はーい』

高校生のときにそんな話をしたが、母は碧が大学に入る直前に亡くなってしまった。そのため碧は、母から料理を教わることはできなかった。

「――そうだ、お父さん。仏壇にさくらんぼお供えしてあるから、あとで持ってきて。そろそろ食べないと傷んじゃう」

「わかった」

いつもの習慣で、和室に入ろうとした父と会話をかわす。夕食の準備を終えた碧は、ひと息つこうと、リビングのソファに腰を下ろした。お風呂に入ってから食べようと思っていたが、喉が渇いたので、父が買ってきてくれたアイスのカップを袋からとり出す。

(あ、これわたしが好きなやつ)

さわやかなソーダ味のかき氷は、碧が子どものころから気に入っているものだ。真ん中のバニラアイスと氷がくっついた部分が特においしい。近所のコンビニでは夏季限定で毎年置いてあるのだが、もう販売しているのか。

碧は袋の中に入っていたアイス用のスプーンで、表面の氷を軽くつついた。思っていたほど硬くはなかったので、バニラアイスと一緒にすくう。

「あーひんやり……。おいしい」

リビングは少し蒸し暑かったので、喉を通っていく氷の冷たさが気持ちいい。火照った体がほどよく冷えていく。しゃりっとした氷とバニラアイスのなめらかな食感を一度に楽しめるので、夏になるとこの味を求め、コンビニに通っている。

束の間の幸せに浸っていると、さくらんぼのパックを手にした父が和室から出てきた。

「あれ？　もう食べてるのか」

「ちょっと我慢できなくなっちゃって」

「それ、碧が毎年食べてるアイスだろう。コンビニにあったよ」

「まだ五月なのに売ってるんだね。そういえば、憶えてる？　このアイス、はじめて買ってくれたのってお父さんだったんだよ」

記憶にないのか、父は「そうだっけ？」と不思議そうにしている、

「ほら、わたしが小二くらいの夏休みに、お母さんが入院したことあったでしょ」

「ああ……あのときか」

父の目が悲しげに細められた。当時のことについては、碧もはっきりと憶えている。

心臓が弱かった母は、子どものころは何度も入院していたそうだ。成人後も定期的に外来に通ってはいたが、体調が安定したので回数は減った。碧が憶えている限り、母が入院したのは二回だけ。どちらも手術にはならず、短期で退院していた。

学校が夏休みだったこともあり、碧は湘南で暮らしている、母方の祖父母の家にあずけられた。父は仕事があったし、自分はまだ、家で長時間の留守番ができる年齢ではなかった。いまから思えば、しかたのないことだとわかるのだけれど。

――お母さん、だいじょうぶなのかな……。

母が入院したことは教えてもらったが、当時は子どもだったので、詳しい病状まで説明してくれる人はいなかった。「ちょっと具合が悪くなったから、病院でお医者さんに治してもらっている」と聞かされていたものの、不安は募っていくばかり。

入院期間は十日ほどだったが、子どもの感覚だったこともあり、あのときはおそろしいほど長く感じた。お見舞いに行ったのは一度だけ。ベッドの上に上半身を起こした母は思ったより元気そうでほっとしたけれど、そこはかとなくただよう薬品の臭いや、はじめて目にした病棟の雰囲気は、七歳の自分にとっては恐怖を覚えるものだった。

「心配かけちゃってごめんね。もうすぐ退院できるから」

碧がこくりとうなずくと、優しく頭を撫でられた。背後から、自分をここまで連れてきてくれた祖父母が話しかけてくる。

「碧ちゃん、今日はどこかでおいしいものでも食べて帰ろうね」

「カレーはどうだ。海沿いに美味い店があるぞ」

「あのお店、テラス席から海が見えるのよね。私も退院したら食べに行きたいわー」

口を挟んだ母が明るく笑う。三人ともきっと、碧を気遣っていたのだろう。

お見舞いの帰り、祖父母は碧を海が見えるレストランに連れて行ってくれた。運ばれてきたカレーライスは大きな牛肉がたくさん入っていて、ボリュームも満点でおいしかったが、碧は母がつくってくれる素朴（そぼく）なポークカレーを食べたいなと思った。

その翌日、祖父母が飼っているサバトラのオス猫を抱きながら、ぼんやりとテレビアニメを観ていたとき、背後から「碧ちゃん」と声をかけられた。

「お父さんから電話よ」

「えっ」

目を丸くしてふり向くと、電話の子機を持つ祖母が笑顔で近づいてきた。「ここを押せばつながるわよ」と教えてもらい、どきどきしながら保留を解除する。祖父母の家にあずけられてから、父と話をするのはこれがはじめてだったのだ。

「も、もしもし！」

『……碧か？』

わずかな間を置いて聞こえてきた、父の声。母とは違って、父とはふたりで話したことがあまりなかった。電話だと表情がわからないこともあり、緊張してしまう。

『おばあちゃんから聞いたよ。昨日、お母さんのお見舞いに行ったんだって?』

「うん。お母さん、もうちょっとで帰れるって言ってた」

『そうか』

あっという間に会話が途切れ、気まずい沈黙が流れる。どうしよう、何を話せばいいのかなと考えていると、父のほうから話題をふってくれた。

『その……碧はゆうべ、何を食べたんだ?』

「え? えーとね、カレーだよ。おじいちゃんが車でお店に連れて行ってくれたの。お肉がいっぱい入っててておいしかった。お父さんは何食べたの?」

『お父さんは肉じゃがだ。うちの近所にあるお店でね。すごくおいしかったよ』

とりとめのない話をしていると、父は『また明日電話する』と言って通話を切った。正午過ぎだったから、休憩のときに連絡してくれたのだろう。

それから母が退院するまでの数日間、父は毎日、欠かさず電話をしてくれた。たいしたことを話したわけではない。祖母のご飯がおいしかったとか、猫が可愛(かわい)くて連れて帰りたいとか、いま観ているアニメがおもしろいとか。どうでもいいような話ばかりだったけれど、父は相づちを打ちながら、最後までしっかり聞いてくれた。

――お父さんは、わたしのことを忘れたわけじゃない。

母がそばにいないとき、父にまで放っておかれるのが怖かった。だからたとえ会話がはずまなくても、父からの電話はとても嬉しかったのだ。

　母の退院が決まると、前日に父が車で迎えに来てくれた。会話はほとんどなかったけれど、不思議と気まずさは感じない。海沿いの道を走っているとき、赤信号でブレーキをかけた父が、ふいに口を開いてこう言った。

「ちょっとそこのコンビニに入るけど、何かお菓子でも買おうか」

　店内に入った父は、好物のチョコレート菓子と缶コーヒーを買った。碧は迷った末、冷凍ショーケースの中からソーダ味のカップアイスをとり出して、これがいいと父に渡したのだ。コンビニの駐車場で、夕日に照らされた海を見ながら食べたアイスこそ——

「碧が食べてるそれだった？」

「そう。うちの近くでも売ってるって知ったときは嬉しかったなぁ」

　昔を思い出しながら、碧はアイスを頬張った。父は碧を迎えに行ったことは憶えていたが、細かいできごとまでは記憶していなかったようで、「そんなことがあったのか」と感慨深げにつぶやいている。

「あ、ほら！　はやくご飯食べちゃって。せっかくあたためたんだから」

「ああ、そうだ。ゆうべはコロッケだったから、今日は魚か野菜かな」

背中を向けた父が、ダイニングテーブルに近づいていく。

あのとき少しだけ歩み寄ったものの、母が退院してからも、碧と父の関係はあまり変わらなかった。中学に入ると反抗期を迎えたこともあって、会話はさらに減った。こうやって気軽に接することができるようになったのは、母が亡くなってからだ。

「食べ終わったら、お皿は水につけておいてね」

「いや、これくらいは自分で洗うよ。碧はお風呂に入っておいで」

「……うん、わかった。ありがと」

父がいつか、完璧に家事をマスターしたら。

嬉しい反面で、少しさびしくなるかもしれないなと思った。

伴侶(はんりょ)と死別した人でも、時がたてばあらたなパートナーを見つけ、再婚することもあるだろう。父がそうなったらと考えると、娘としては複雑だが、実際にそのときが来てみないとなんとも言えない。けれど父の性格上、そんな日が来ることはない気がする。

おそらく父は、これからも独り身のまま生きていくのだろう。生活するための家事ができるに越したことはないのだけれど、なんでもひとりでこなせるようになれば、もう碧を必要としなくなるかもしれない。

そう思うと、胸がちくりと痛んだのだ。

（なんかしんみりしちゃった。お風呂入ろう）

気をとり直してバスルームに向かおうとしたとき、電話の横に置きっぱなしにしていたクリーニングの引換券に気がついた。

「あ、忘れてた。お父さんの夏用スーツ、もうできてるね」

「明日、受けとってこようか？　土曜だし」

「ううん、わたしが行ってくる。ついでにワンピースとスーツも出したいから」

箸を止めた父が、「碧のスーツ？」と首をかしげる。

「ほら、お母さんに買ってもらった黒いやつ。教育実習の初日に着ていこうと思って。一着じゃ足りないから、来週に友だちと新しいもの買いに行くんだ」

「教育実習……。そうか、もう来月なんだな」

「中学校に行くなんて何年ぶりかなー。実柚（みゆ）ちゃんは卒業しちゃったから、もういないんだよね。知り合いがひとりでもいてくれたら心強かったのに、残念」

「花嶋（はなしま）さんのお嬢さんか。もう高校生になったんだね。実感がないなあ」

お互いに娘を持つ者同士ということで、父は飲み仲間の花嶋と仲がいい。あまり他人と深いつき合いをしたがらない父にしてはめずらしく、みずから交流している。「ゆきうさぎ」には、花嶋のように腹を割って話せる仲間が何人かいるらしい。

（わたしはいつまでこの家にいるのかな……）

一年後にどうなっているかなんて、誰にもわからない。もしかしたら家を出ているかもしれないし、まだ父と一緒に暮らしている可能性だってある。どちらにしても、「ゆきうさぎ」がある限り、父が孤独になることはなさそうだ。

「碧、お風呂から出たらさくらんぼを食べよう。軽く洗っておくから」

「お願いしまーす」

明るく答えた碧は、引換券を手にリビングを出た。

それから十日ほどが経過した、五月の後半。

出勤してからデスクワークに忙殺されていた浩介は、正午を迎えるといったん仕事を切り上げた。ずっとパソコンに向かっていたので目が痛い。今日中にまとめておきたいデータだったが、このあたりで少し休憩しよう。

この会社に就職してから、はやいものでもうすぐ三十年。気がつけば周囲は年下の社員のほうが多くなり、責任ある仕事もまかされるようになった。このまま何事もなければ定年まで勤め上げることになるだろう。

浩介は薬剤師の資格を持っているが、病院や薬局ではなく製薬会社を選んだのは、調剤よりも研究をしたかったからだ。当時はまだ景気のよい時代ではあったが、研究職はいまとさほど変わらず狭き門。無事に採用されたのは幸運だった。

机の上に広げていた資料を集め、こまごまとした文具を片づけていると、出入り口のドアが開いた。別室で実験をしていた、同じ研究チームの部下たちが入ってくる。

「お疲れさまです」

「あー疲れた。今日は何を食おうかなぁ」

彼らはめいめい白衣を脱ぐと、昼食をとるための準備をはじめる。社内に食堂はないため、弁当を持ってきたり、近くにある店に食べに行ったりとさまざまだ。今日は天気がいいから、近所の公園に行く者もいるだろう。

「お茶を淹れてきますが、玉木さんも飲まれますか？」

「ありがとう。お願いできるかな」

お茶を待つ間に、浩介は鞄の中からコンビニのロゴが入ったレジ袋をひっぱり出した。会社の最寄り駅にある店で買っておいたものだ。袋からとり出したのは、昆布とおかかのおにぎりがひとつずつと、脳に糖分を回すためのチョコレート。板チョコは気温のせいで少しやわらかくなってしまっている。冷蔵庫に入れておけばよかった。

「えー？　それだけで足りるんですか？」

机の上に置いたおにぎりを見た部下のひとりが、驚いたように声をあげる。彼はまだ三十そこそこで若いから、この量ではとうてい腹は満たされないことだろう。浩介は苦笑しながら「食べ過ぎると眠くなるからね」と言った。

「娘さんのお弁当はどうしたんですか？　最近はぱったり見なくなりましたけど」

「しばらく忙しいから、昼は自分で用意することにしたんだよ。弁当は時間も手間もかかるだろう。夕飯をつくってくれるだけでもありがたいのに」

「お父さん思いのお嬢さんかー。いいなあ。お弁当も美味そうだったし。そういう子がお嫁に来てくれたらなぁ」

とたんに浩介は、眼鏡の奥の目をきらりと光らせた。にこやかに答える。

「…………すまないね。うちの娘はきみにはやれない」

「じょ、冗談ですよ。お茶目なジョークです。玉木さん、目が笑ってません」

「そんなことはないだろう。冗談が通じないほど頑固（がんこ）じゃないよ」

おだやかに微笑んだつもりだったが、彼にはそう見えなかったのか、そそくさと自分のデスクに戻っていった。こうした部下との心あたたまる交流も、チームの結束力を強めるためには重要なこと。浩介は浩介なりに努力していた。

「あ、玉木さん。味噌汁飲みませんか？　インスタントのがあるので」

さきほどの部下が、何事もなかったかのように軽い調子で問いかけてくる。これもまたいつものことだ。

「せめて汁物をつけましょう。おにぎりだから合いますよ」

「でも、それはきみの味噌汁じゃ」

「大丈夫ですよ。いくつかストックしてるので。豆腐とわかめ、どっちがいいですか？」

「豆腐かな……」

「了解です。いまお湯入れてきますね」

ありがたく味噌汁を分けてもらった浩介は、カップに入ったそれに口をつけた。インスタントでもじゅうぶんおいしい。熱い味噌汁が空腹に染み渡り、生き返った心地だ。続けてぱりっとした海苔(のり)を巻きつけたおにぎりを頬張りながら、自分の席や休憩用のソファに座って思い思いに昼食をとる部下たちをながめる。

「おお、愛妻弁当なんてめずらしいですね。奥さんに何かしてあげたんですか？」

「それならもっと豪華になるだろ。見ろよこの野菜と豆だらけの弁当を。このまえの健康診断で糖尿の気が出たせいで、食事管理されてるんだよ」

「た、大変ですね。頑張ってください」

「数値が下がるまでは買い食いも禁止だとさ。しんどい……」

「そんなに落ちこまないでくださいよ。ちゃんと体のことを考えてお弁当をつくってくれたんだから、優しい奥さんじゃないですか」

「きみの弁当は美味そうだな。から揚げに玉子焼き……」

「う、そ、そんな目で見てもあげませんからね。健康のためです」

カップ味噌汁をすすりながら、浩介は部下たちの他愛(たあい)のない会話に耳をかたむける。

――弁当か……。

知弥子は結婚してから、週に一度「お弁当の日」を設けていた。

仕事を持つ妻には、それが限界だったのだ。浩介としては、昼は外食やコンビニ弁当でまったくかまわなかったのだが、知弥子は「せめて一日だけでも」と言って、買ったばかりの弁当箱に、嬉しそうにおかずを詰めていた。

しかし三年前の春、自宅で倒れた知弥子は、そのまま帰らぬ人になってしまった。

碧はもう子どもではなかったが、慕っていた肉親を喪(うしな)ったときの悲しみは、いくつになろうと変わらない。生と死は対にあり、この世に生まれてきた以上、死は絶対に避けられないもの。それはわかっていても、まだ五十にもなっていなかった知弥子は、あちらへ行くには早すぎた。

知弥子が亡くなってからしばらくは、抜け殻のような日々を過ごしていたと思う。

大々的な葬儀は執り行わず、身内だけで静かに妻を送り出した。知弥子が勤務していた学校にも、生徒が来ることは遠慮してもらうよう頼んだ。当時は事実を受け止めることだけで精一杯で、他人の感情に配慮する余裕など、これっぽっちもなかったのだ。

(だから、碧の異変に気づくこともできなかった……)

浩介の脳裏に、苦い記憶がよみがえる。

葬儀からひと月後、碧は大学の入学式にひとりで出かけた。

真新しい黒いスーツは、亡くなる少し前に知弥子が買ってやったもの。碧はまだ喪服を持っていなかったので、葬儀のときに着るよう言ったが、娘は嫌だと拒絶した。母親が最後に買ってくれた大事な服を、こんな悲しい日に着たくなかったのだろう。

結局、碧は卒業したにもかかわらず、高校の制服で葬儀に出た。もちろん、それを咎める気にはとうていなれなかった。

最愛の人を喪っても、生きている限り日常は続く。

「碧、これは今月分の食費にしなさい。足りなくなったら言って」

「……お父さんはどうするの」

「気にしなくていいよ。適当にやるから」

もう大学生だし、あれこれ面倒を見なくても、生活費を渡せばその中でやりくりするだろう。そう考えていたのだ。玉木家のキッチンで料理をする人はいなくなり、それから二カ月以上の間、浩介と碧が必要以上の会話をかわすことはなかった。

知弥子がいなくなったとたん、居心地がよかった家の空気は一変した。

リビングに置いてあった観葉植物は、水をやるのを忘れて枯れかけてしまい、ぎりぎりで気づいて持ち直した。洗面所のタオルも、数日が過ぎたところでようやく替える。服の中にポケットティッシュを入れたまま洗濯してしまったり、排水溝の汚れに気づかず、臭ってきてから気がついたりと、普通に生活するだけでも一苦労だった。

——いつまでもこのままではいけない……。

今後のためにも碧としっかり話し合い、生活を立て直さなければ。頭ではわかっていたが、妻の死は思っていた以上に浩介を打ちのめしていた。

「顔色悪いですけど、ちゃんと食べてます？　今夜は焼き肉屋にでも行きましょうよ」

「ありがとう。でも今日は急ぎの仕事を片づけないと。夕飯はこれがあるから」

「そんなゼリーだけじゃ絶対足りませんって……」

「意外と腹持ちがするんだよ。残業がないならはやく帰りなさい」

部下たちは何度か誘いをかけてくれたが、どれも気乗りはしなかった。

当時の浩介と碧は料理ができず、そのうえ食欲を失っていた。食生活の乱れは、心身にも悪影響を及ぼす。自分たちはあのころ、明らかに普通ではなかったと思う。自覚してはいたものの、どうしようもなかった。

機械的に仕事をして、味のわからない食事をとって、最低限の栄養をまかなうだけの不健康な生活。そんな毎日に終止符を打つきっかけとなったのが――

「いらっしゃいませー！」

十九時で仕事を切り上げた浩介は、行きつけの小料理屋「ゆきうさぎ」の暖簾をくぐった。とたんに聞こえてきたのは、元気のよい青年の声。まるで大衆居酒屋のようなノリではあったが、このにぎやかさも嫌いではない。

「タマさんのお父さんでしたか！　お疲れさまです」

「お互いにね。この時間はひさびさだけど、盛況で何よりだよ」

「明日は土曜日ですからねー。みんなここぞとばかりに飲みに来てるんスよ」

頭には派手な柄のバンダナを巻き、半袖(はんそで)のTシャツにエプロン姿の彼は、人なつこく笑いながら答えた。この店に通いはじめて十数年になるが、彼のような男子学生のバイトはめずらしい。浩介が知る限り、これまで「ゆきうさぎ」で働いていた人は、女子学生や主婦といった女性のほうが多かったからだ。

そのバイトの中に、まさか自分の娘も仲間入りをするとは思いもしなかったが……。

どうも自分たち親子は、「ゆきうさぎ」と深い縁があるようだ。

(さて、どこに座ろうか……)

ざっと店内を見回したが、混み合う時間帯のため、空いている席はなさそうに見える。どうしようかと思っていたとき、カウンターのほうから「浩ちゃん！」と呼びかけられた。自分をそう呼ぶ人はひとりしかいない。

「よう、久しぶり！　こっち来なよ」

座敷に近いカウンター席の端で手招いていたのは、飲み仲間の彰三(しょうぞう)だった。歳は親子ほど離れているのだが、豪快(ごうかい)でふところが深い性格なので、多くの人を惹(ひ)きつける。この店に通うようになってすぐに意気投合し、長いつき合いをしているひとりだ。

彰三は週の半分は「ゆきうさぎ」で飲んでいるため、店に行けば出会う確率が高い。

「仕事帰りか。お疲れさん。椅子はいま用意すっから」

カウンター席はすべて埋まっていたが、彰三は平然とした表情で、厨房(ちゅうぼう)に声をかける。

「おーい大(だい)ちゃん、予備の椅子借りるぞ」

「え、狭くなりますよ」

「かまやしねえよ。おれがちょいと詰めりゃいいんだ」

店主の大樹から許可をとり、彰三は店内の隅に置いてあった椅子を一脚運んできた。自分の隣に設置して、満足そうに笑う。

「これでよし。ほれ、座りな」

多少強引ではあったが、それを嫌だと思わないのは、ひとえに相手の人徳によるものだろう。お礼を言った浩介は、ありがたく椅子に腰かけた。少し窮屈(きゅうくつ)だが、文句をつけるほどではない。ほっとひと息ついていると、大樹が話しかけてきた。

「こんばんは、玉木さん。今日はいつもよりはやめのご来店なんですね」

十数年前、浩介に肉じゃがを出し、優しく話を聞いてくれた女将は、知弥子が亡くなる前年にこの世を去った。先代のあとを継いで店主になった大樹とは、彼が大学に入り、店を手伝うようになったころからの知り合いだ。

（あのころとくらべると、本当に立派になって）

バイトをはじめたばかりの大樹は、歳のわりに落ち着いてはいた。しかし料理の知識はほとんどなかったし、少年のように幼い部分も残っていた。

しかしいまでは一人前の料理人に成長し、しっかりと店を切り盛りしている、歳を重ねていくにつれて顔つきも精悍(せいかん)になり、昔からの常連にも一目置かれるようになった。そんな過程を知っているので、つい親目線で見守ってしまう。

「残業は適当なところで切り上げてきたんだ。週明けでもなんとかなる。碧も今夜は泊まりだし、ゆっくりしていこうと思ってね」

娘の名を口にしたとき、お通しの皿を出した大樹の眉がぴくりと動いた。

「タ……碧さん、旅行にでも行ったんですか？」

「いや。来月から教育実習がはじまるだろう。そのときに着る服を買ってから、大学の友だちの家に泊まるみたいだね。ほら、この店にもときどき来る子たちだよ」

「ああ、あのふたり……」

「久しぶりに予定が合ったらしくて、嬉しそうに出て行ったよ。材料を持ち寄ってカレーパーティーをするんだってはりきってたな。勉強ばかりしていても気が滅入るし、いい気分転換になると思うよ」

「ほほう。つまり女子会ってやつだな！」

横で話を聞いていた彰三が、いまどきの言葉を使って口を挟む。

「あの嬢ちゃん、先月くらいからたまーにしかこっちに来なくなっちまっただろ。そこそこつき合いが長くなってきてたから、あの顔を見ないと落ち着かなくてな」

「進路が決まったら、卒業まではまた日数を増やしてくれるそうですよ」

大樹が答えると、彰三はグラスに入っていた酒を飲み、大きな息を吐いた。

「そりゃよかった。けど、それもあと少しなんだなあ。学生バイトってのはそういうもんだってわかっちゃいるんだが、送り出すのはさびしいな」

「そうですね……」

「なんたって浩ちゃんの娘だからさ、こっちもなんつーか、孫を見る目になっちまうんだよな。おれ自身に孫はいないのにあれだけど。ま、嬢ちゃんは卒業してからもここに通うだろうなとは思うよ。あの子、大ちゃんに胃袋がっちりつかまれてるから」

「胃袋以外はどうなんだ……？」

「へ？」

「あ、いえ、なんでもないです。──玉木さん、ご注文をどうぞ」

少しあわてた様子で、大樹はお品書きを浩介に差し出した。

昼食はおにぎりと味噌汁だけだったので、いい具合に腹が減っている。今日のお通しは夏に向けて出回りはじめた枝豆に、粗塩(あらじお)を揉(も)みこんで焼いたもの。これからはビールが美味くなる季節だなと思いながら、香ばしく焼き上がったそれをつまむ。

肉じゃがは、この店に来たときは必ず頼んでいるのではずせない。あとは彰三が食べている料理が美味そうだったので、それも注文する。最後に気に入っている日本酒の銘柄を告げると、大樹は「わかりました」と言って準備をはじめた。

「慎二、ちょっと手伝ってくれ。玉木さんに日本酒を冷やで」

「りょーかい」

伝票をちらりと見たバイトの青年が、酒瓶をとりに裏の貯蔵庫に入っていく。大樹はその間に、あらかじめつくっておいた料理をあたためて器に盛りつけた。てきぱきと準備を行うその姿が、在りし日の女将と一瞬だけ重なる。

「お待たせしました。ご注文の肉じゃがと、こちらは紅茶豚です」

「紅茶豚？」

「茶葉を使って茹でた豚バラ肉です。今回はアップルティーにしてみました。紅茶は肉の臭みを消してくれるし、ほんのり香りづけもできますから。紅茶だけで茹でるのであっさりしてるんですけど、ソースをつければコクが出ます」

皿の上には薄くスライスされた豚肉がきれいに並べられ、醬油をかけた大根おろしのようなソースが添えられていた。茹で野菜も付け合わせとしてついている。

「ああそうだ。このソース大根おろしじゃないですよ。すり下ろした林檎です」

「甘いのか……」

「アップルティーと合わせてみたんです。タマネギと醬油も少し入ってますよ。意外といけるので召し上がってみてください」

すすめられるままに、浩介は豚肉を一枚、箸でつまんで口に入れる。

紅茶で茹でたというそれは、たしかに大樹の言う通りあっさりとした味わいだ。しかし余計な味つけをしていないぶん、肉の旨味がダイレクトに感じられた。半透明の脂身はもちろん、赤身の部分もやわらかく、ほろほろと崩れていく。

「うん、美味い。果物のソースもしつこくないし」

「あたためても冷やしてもおいしいと思いますよ。これからの季節だと、冷製にしたほうがさっぱり食べられそうですね」

（こういった料理は碧も好きだよな）

間違いなく自分に似たのだろうが、碧はとにかくよく食べる。いまはすっかり小食になってしまったが、実は若いころの浩介もそうだったのだ。太りにくい体質も、自分の遺伝だと思う。無限の食欲は二十歳前後でピークを迎え、その後は落ち着いていったから、碧も似たような道をたどるのではなかろうか。

（そうでないと、食費がとんでもないことになるし……）

大学を出るまでは親の義務として自分が養う。無事に就職したら、けじめとして金銭面では自立させるつもりだ。もしひとりで暮らすようになれば、食費だけに給料を使うわけにはいかない。けれど大事な娘にひもじい思いはさせたくない。

浩介はうーんとうなった。実に悩ましい問題だ。先のことはわからないが、自分のもとにいる間は、おいしいものをうんと食べさせてやりたい。

紅茶豚をじっと見つめていた浩介は、「大ちゃん」と声をかけた。

「この料理……つくり方を覚えれば、誰でもつくれるかな?」

「特にむずかしいものじゃないですよ。豚肉縛って煮るだけですし。時間さえあれば」

あっさり答えが返ってきた。たしかに揚げ物や煮物といった料理よりは、簡単なのかもしれない。真剣な顔で考えていると、大樹が話しかけてくる。

「玉木さん。もしかして……ご自分で?」

「ああ。掃除や洗濯は人並みにできるようになったけど、料理はまだでね」

近い将来、碧が家を出てひとりになったとしても、自分が新しい伴侶を迎えることはないだろう。自分が一生を添い遂げたいと思った相手は知弥子だけ。その人がいなくなったからといって、次の相手を探す気にはなれない。

そう決めたからには、ひとりでも生活できるよう、最低限の家事は覚えなければ。定年後に何年生きられるのかはわからないが、平均寿命までいけたとしたら、老後の期間は十年を超える。第二の人生とも言える期間を快適に過ごすためにも、基本的な生活能力は培(つちか)っておかなければならなかった。

「家事かぁ。おれも嫁さんが亡くなってからは大変だったよ」

彰三がしみじみと言う。そういえば、この人も何年か前に奥さんを亡くし、ひとりで暮らしているのだった。たしか独身の娘がいるはずだが、海外で暮らしているのでなかなか会えないと聞いたことがある。

「結婚すると、どうしてもそのへんは嫁さんに甘えちまうんだよな。昔はそれがあたりまえだったし。でもいまは時代が違うだろ。これからは大ちゃんみたいに、家のことならなんでもできる男のほうが絶対にもてる」

「所帯じみてるとも言いますけどね」

大樹の言葉には実感がこもっていた。誰かに言われたことがあるのかもしれない。

「まあ、男も女も、若いうちは華のある相手に目移りしがちだけどな。いつかはわかっていくものよ。味のある人間ってのは、煮物みたいに時間がたつにつれて、じんわり深みが出てくるからさ。大ちゃんはこのタイプだと思うぞ」

「いいこと言いますねえ、彰三さん」

浩介が微笑むと、彰三は「たまには年長者の威厳を見せねえとな」と答え、グラス入りの酒を豪快にあおった。嬉しそうな表情になった大樹は、サービスだと言って彰三のグラスにお代わりをそそいでいく。

――味のある人間か……。

注文した肉じゃがを食べながら、浩介は彰三の言葉を反芻する。

人生も半ばを過ぎたいま、自分はそんな人間になれているのだろうか？　そしてこれから広い社会に出て行こうとしている碧は？

大樹がつくった肉じゃがは、先代女将とまったく同じ、深みのある味がした。

五月最終週の日曜日。碧と一緒に昼食をとった浩介は、食事を終えると出かける準備をととのえた。くたびれた部屋着から、外出用のシャツとスラックスに着替える。

「あれ？　お父さん、どこか行くの？」

二個目のプリンに舌鼓(したつづみ)を打っていた碧が、軽い調子でたずねてきた。

娘に怪しまれない行き先と言えばどこだろう？　買い物、散歩……。長居をしてもおかしくない場所がいい。平静を装いながら頭を働かせ、にっこり笑って答える。

「ちょっと図書館に行ってくるよ。読みたかった本が絶版になっていてね。図書館なら置いてあるかもしれないから」

「ふーん。夕飯はどうする？　外で食べてくるなら先に教えて」

「ええと……そうだね。今日はつくらないでいいよ。じゃ、行ってきます」

そそくさとマンションを出た浩介は、その足で待ち合わせ場所に向かった。

図書館ではなく、反対方向の駅に向かう。商店街を通り抜け、駅を挟んだ向こう側にあるスーパーの前に立っていたのは、Tシャツにジーンズ姿の大樹だった。近づいてくる浩介の姿に気がつくと、礼儀正しく頭を下げる。

「悪いね、こんなところまでつき合わせて」

「いえ。商店街の店で買うと、タ……碧さんの耳に入るかもしれないし」

娘のことをあだ名で呼ぼうとした大樹は、律儀に言い直す。

つき合いは長いが、「ゆきうさぎ」の外でこうして待ち合わせたのは、はじめてのことだった。そのせいなのか、自分を前にした大樹は、少し緊張しているように見える。店の中では堂々とふるまっているだけに、年相応の青年らしい反応が新鮮だった。

「大ちゃん、いまは客じゃないんだし、気を遣わなくてもいいよ。碧のことは『タマ』って呼んでいるんだろう？」

「そ、それはそうなんですけど。玉木さんとタマだとややこしくて」

「ああ、なるほど。だったら僕のことも下の名前で呼ぶといい。彰三さんのことも名前で呼んでいるじゃないか」

「えっ」

意外な申し出だったのか、大樹は驚いたように目を見開いた。「かまわないから」と言うと、迷った末に承諾(しょうだく)してくれる。

――紅茶豚のつくり方を教えてほしい。

大樹に頼むと、彼は「もしよかったら、休みの日に一緒につくってみませんか」と誘ってくれた。レシピを見ただけでは、なかなか想像がふくらまない。実際の手順を見せてもらえれば覚えやすいだろうと思って、空いている日を指定したのだ。

「そうだ。せっかく大ちゃんが教えてくれるなら、ほかにも何品かつくって弁当にしてもいいかもしれない」

「弁当ですか？」

「碧に持たせたいんだよ。教育実習の初日に、応援の意味もこめて」

知弥子が亡くなってからしばらくして、「ゆきうさぎ」で働きはじめた碧はみずからキッチンに立ち、自分のために食事を用意してくれた。

大樹から教わったという肉じゃがをつくってくれたときは、感動して思わず涙が出そうになった。必死でこらえていたことを、碧はきっと知らないだろう。あの日がきっかけとなり、浩介の食欲は少しずつ回復していったのだ。

知弥子が入院したとき、そして亡くなったとき。浩介の心を救ってくれたのは、あの小料理屋でつくられている肉じゃがだった。碧と親子の対話ができるようになったのも、突き詰めれば大樹のおかげだ。

「弁当はいいですね。でもこのあたりの中学って、どこも給食だったような……」

「碧が行く学校は、実習生は弁当持参なんだよ。手づくりじゃなくてもいいとは言ってたし、すぐ近くにコンビニもあるんだけどね。初日は特に緊張するだろうし、おいしいものを食べて乗り切ってほしいから」

そんな話をしながら、浩介と大樹はスーパーの中に入った。

紅茶豚に必要な食材はもちろん、大樹が案を出してくれた弁当のおかずをつくるための材料も、カゴに入れていく。買い物慣れしている大樹は、質のよい肉や野菜の選び方を知っていたので、安心してまかせることができた。

「大ちゃんと結婚する人は、食事に関してはなんの心配もしなくていいね」

「職業上、そこは保証しますけど……。俺もたまには誰かにつくってもらいたいって思うこともありますよ。栄養のバランスを考えて食べることも大事ですけど、真夜中にジャンクなものがほしくなるときもあるし」

「そういうものなのか」

「人間ですからね。それに言うじゃないですか。体によくないものほど美味いって。多すぎるのはまずいですけど、ときどきなら買ってもいいことにしてます」

言いながら、大樹はスナック菓子の袋をカゴに入れた。話をしているうちに食べたくなったらしい。その微笑ましさに、思わず笑みが漏れてしまう。

会計を終えて袋詰めをしていたとき、大樹が言った。

「スーパーは買い物をする人にとっては楽なんですよね。ほしいものが一度でそろうし」

「でも僕は、昔ながらの商店街も好きだよ。人情味があって」

「ありがとうございます。地域密着を売りにしてるけど、個人商店もこのごろは厳しくなってますからね。闇雲(やみくも)に張り合うんじゃなくて、これからはスーパーにはできないサービスを考えていかないと」

食材を調達すると、浩介たちは「ゆきうさぎ」に戻った。

土日は昼間の営業をしていないため、夜の仕込みがはじまるまでは、厨房を借りることができる。大樹からエプロンを貸してもらった浩介は、ぎこちない手つきで、後ろのボタンを留めた。

「本格的に料理をするなんて、何十年ぶりかなあ……」

「浩介さん、料理経験があるんですか？」

大樹が意外そうな顔をする。彼に話したことはなかったか。

「独身のころはひとり暮らしをしていたからね。自炊とは言っても、簡単なものしかつくれなかったけど。カレーとか野菜炒めとか、そんなものだよ」

「知弥子さんと結婚したのはいつでしたっけ」

「二十九のときだね。つき合っていた期間は長かったけど、体のこともあって、なかなか結婚に踏み切ってもらえなくて。その気にさせるためにいろいろな手を使ったよ」

「いろいろ……ですか。それは」

「知りたいかい？　まずは――」

先代女将の前で口にしたときはあれだけ恥ずかしかった話を、さらりと語っている自分に驚く。それだけ自分も歳をとり、若かりしころの輝くような日々を、なつかしい気持ちでふり返れるようになったということか。

「さて、そろそろはじめようか。何をすればいいのかな」

浩介は食材を調理台の上に置き、さっそく紅茶豚の下ごしらえに入った。

買ってきた豚バラ肉のかたまりは、軽く塩を揉みこんでから、タコ糸で縛って形をととのえる。その間に沸かしておいたお湯で、ティーバッグの紅茶を抽出した。アップルティーの上品な香りが立ちのぼり、厨房を満たしていく。

「ここに豚肉を入れてしばらく煮ます。アクが出たらその都度すくってください」

やわらかくなるまで時間がかかるというので、浩介たちはその間に別のおかずをつくることにした。弁当に玉子焼きははずせないという大樹の言葉により、基本的なつくり方を教えてもらう。

「タマは砂糖を入れたものより、塩気があるほうが好きなんですよね」

「え、そうなのか？　僕は甘くないと落ち着かないんだけど」

「知弥子さん、たぶん二種類つくっていたと思いますよ。浩介さんとタマ用に。タマも浩介さんにつくるときは、甘い味つけにしているはずです」

その通りだった。だから碧もそれが好きなのだろうと思っていたのだが。

（ふたりとも、僕が知らないところで気を配ってくれていたんだな）

「タマはチーズが好きだから、中に入れたらよろこびますよ。それからなんと言ってもカレーです。カレー粉を使った梶木（かじき）のソテーなら簡単につくれます。あとはミニトマトやブロッコリーで彩りを添えれば。主食は赤シソや天かすを混ぜたおにぎりがいいかな」

「うん、いいね。おいしそうだ。大ちゃんは碧の好みに詳しいね」

「え、いやその……。賄（まかな）いをつくってますから、自然とわかっていくんですよ。本人も食に関してははっきり好みを言いますし」

「あの子は人並み以上に食べるからな。そろそろピークは終わると思うけど」

「そうなんですか？　それはちょっとさびしいかも……」

大樹は他人がおいしそうに食事をする姿を見ることが好きなので、碧のことを気に入っている。碧のほうもよく大樹の話をしているし、まんざらでもなさそうなのだが、このあたりを追及するのは野暮なことだろう。

浩介は大樹から教わった通りに、チーズ入りの卵液をフライパンに流し入れた。手前に寄せてから奥にずらし、ふたたび卵液を流しこむ。火加減に注意しながら何度か巻いていくと、やがて見覚えのある玉子焼きができあがった。

「でも、けっこう焦げたね。形も悪いし」

「何回かやっていけばコツがつかめますよ」

玉子焼きをつくり終えると、次はソテーだ。梶木の切り身には塩コショウをふり、小麦粉とカレー粉を混ぜたものをまぶしていく。

「それが終わったら、フライパンでバターを溶かしてください。梶木を置いて火を通していきます。表面に焼き色がついたらひっくり返して、裏面も同じように」

熱したフライパンで梶木を焼いていると、今度はスパイスの香りが浩介の嗅覚を刺激する。とろけたバターと絡まって、食欲をそそられた。

「おいしそうだけど、朝方につくったら香りがすごいだろうな」

「たしかに……。まあ、タマにとってはいい匂いだから大丈夫だと思いますよ」

そうこうしているうちに、ようやく紅茶豚が茹で上がる。タレに漬けて冷凍しておけば傷みにくいということで、今回は醤油ベースのタレをつくることにした。豚肉は粗熱をとってから薄く切り分け、蜂蜜(はちみつ)を加えて甘さを出したタレに漬けこむ。

「ニンニクも入れるとおいしいんですけど……。今回はやめておきましょう」

「実習中だしね」

浩介は味見と称して、豚肉を一枚食べてみた。林檎ソースのときよりも、やはり味はこってりしている。しかし実習中は気力体力を使うだろうし、これくらい濃厚なほうがちょうどよいのではないかと思った。

「紅茶豚はうちで冷凍しておきますね。浩介さんの家だとタマに気づかれるし」

「お願いするよ。あとは当日に早起きすれば、出かける時間までにはなんとかなるはず」

「タマ、よろこぶでしょうね。顔が見たかったな」

(知弥子も弁当をつくったときは、いつもこんな気持ちだったのか?)

食べてくれる人のよろこぶ顔を想像して、思いをこめておかずを詰める。家族の手づくり弁当には、食べ物だけではなく、あふれんばかりの愛情も詰まっているのだ。弁当箱の蓋を開けたときの碧の表情は、いったいどんなものになるのだろう。

――浩介さん、行ってらっしゃい。お弁当、楽しみにしていてね。

玄関まで見送りに来てくれた知弥子の笑顔は、いまも脳裏に焼きついている。

喪った人は戻らない。あまりにも大きな喪失感も、完全に消えることはないだろう。けれど、傷ついた心は少しずつ、流れゆく時間が癒してくれる。そして最愛の人と過ごした記憶は、自分が憶えている限り、心の中で輝き続ける。

妻を亡くして三年の月日がたったいま、浩介は身をもって感じていた。

どこからともなく香ってきたスパイシーな匂いを嗅いで、碧はふっと目を覚ました。

「……カレー？」

枕元に置いてあったスマホを確認すると、時刻はまだ六時前だ。なんでこんな早朝からカレーの香りがするのだろう？　わけがわからなかったが、碧はまぶたをこすり、もぞもぞと布団の中から這い出した。

ついに今日から、待ちに待った教育実習がはじまる。緊張はするけれど、現場の空気に触れられるということで、碧は前から楽しみにしていた。

視線を移すと、ハンガーにかけられた黒いスーツが目に入る。

大学合格を祝って、母が最後に買ってくれたプレゼント。ずっと前から、初日はこのスーツを着ていこうと決めていた。碧がめざす道のはるか先を歩いていた母が、同じ道を進みはじめた自分の姿を、どこからか見ていてくれるような気がするから。

（それにしても、この濃厚なカレーの香りはいったい……）

好物の匂いに誘われるようにして、碧は自分の部屋を出た。香りがさらに強くなる。

キッチンに足を踏み入れると、コンロの前に立っていた父が笑顔でふり向いた。

「ああ碧、起きてきたのか。おはよう」

「おはよう……。何やってるの？」

「何って、見ての通りだよ」

火にかけられたフライパンから、何かを焼く音が聞こえてくる。

「今日から教育実習だろう。朝ご飯は用意しておくから、顔を洗ってきなさい」

「う、うん……。でもお父さんだって仕事があるでしょ」

「早出じゃないから間に合うよ。ほら」

追い立てられるように洗面所に入った碧は、洗顔をすませて髪をブローした。寝癖がついていたので時間がかかってしまったが、なんとか直すことに成功する。

食卓に着くと、出されたのはいつもの朝食セットだった。カレーはどこにいったのだと思いながらも、ありがたく平らげる。

「ごちそうさまでした」

「お皿は置いたままでいいよ。片づけるから」

それからは歯を磨いたり、スーツに着替えたりと、出かける支度に集中する。いつもポニーテールの髪はハーフアップにして、うっすらとお化粧もした。バッグを開けて忘れ物がないかを確認してから、最後にジャケットのボタンを閉める。

「――よし、完璧！」

姿見に映る自分の姿に満足した碧は、バッグをつかんで玄関に向かった。パンプスを履いてドアノブに手をかけようとしたとき――

「碧、ちょっと待って」

ふり返ると、そこには父が立っていた。その手にあったのは、碧がいつもお弁当箱を入れている、猫のイラストをあしらったランチバッグ。なぜそんなものを持っているのかわからずきょとんとしていると、父はおもむろにバッグを差し出してきた。

「これ、お弁当。お昼になったら食べなさい」

「え……？」

バッグを受けとった碧は、ぽかんと口を開けた。中をのぞくと、二段重ねのお弁当箱が入っている。ずっしりと重いので、中身が詰まっているだろうこともわかった。

「お父さんがつくったの？　もしかしてさっきのカレー……」

「やっぱり香りが強かったかな。でも、おいしいと思うよ。中は開けてのお楽しみだ」

まさか父が自分のために、お弁当をつくってくれるなんて。

驚くと同時に、心の底から嬉しさがこみ上げてくる。父も仕事があるのに、わざわざ早起きをして、キッチンに立ってくれたのか。思わず目頭が熱くなって、碧は小さく鼻をすすった。

「もう……泣かせないでよ。せっかくきれいにお化粧したのに」

「泣いてる暇なんてないだろう。ほら、頑張っておいで」

ぽんと肩を叩かれて、碧はこくりとうなずいた。バッグをぎゅっと抱きしめる。

母が買ってくれたスーツと、父がつくってくれたお弁当。両親からのエールを一身に受けたような気がして、何があっても頑張れそうな勇気が湧いてくる。

「お父さん、ありがとう。行ってきます」

優しく微笑む父に見送られ、碧はこのうえなく幸せな気持ちで家を出た。

第4話　あじさい揚げと金平糖

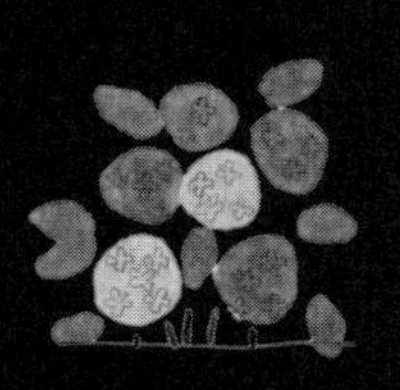

「ねえ、めぐみちゃんって、なんでお母さんがお迎えにこないの？」

きっかけは素直で無邪気な、それでいてとても残酷なひとことだった。


もうすぐ十九時になろうとしていたころ。がらんとした教室の隅で膝をかかえ、ふてくされていた六歳のめぐみに、担当の保育士が声をかけてきた。

「めぐみちゃん、お父さんがお迎えに来たよー」

のろのろと視線を動かすと、教室の出入り口から、父の零一がひょっこりと顔をのぞかせる。むすっとした様子の娘を見た父は「遅れてごめんな」と言ったが、不機嫌な理由はそれではなかった。父のもとに近づいていった保育士が、事情を説明する。

「宇佐美さん。実はめぐみちゃん、お友だちとケンカしてしまって」

「ケンカ？」

「はい……。お友だちが、どうしてお母さんがお迎えに来ないのかって訊いたそうで」

父が大きく目を見開いた。唇を噛んでうなだれる。

「悪気はなかったんだと思います。本当に、純粋な疑問のつもりで。そうしたら、めぐみちゃんが怒ってその子を叩いたんです。それでお友だちもやり返して……」

「そうでしたか……。すみません。相手の子に怪我は？」

「大丈夫です。でも、めぐみちゃんの腕に噛み傷ができてしまって。気づくのが遅れて申しわけありませんでした」

　頭を下げる保育士に、父は「いえ」と首をふった。

「先に手を出したのはうちの子です。こちらこそ迷惑をかけて申しわけない。相手の子の親御さんにも、後日あやまっておきます」

　それから保育士と二、三やりとりした父は、ようやくめぐみのもとにやってきた。

　叱られるかもしれないとびくびくしていたが、父は「帰ろうか」とだけ言って、軽々とめぐみを抱き上げる。ちょうど夕食時だったため、お腹がきゅうっと音を立てる。

　職場が洋食レストランなので、父の体からは食欲をそそる揚げ物の匂いがした。

「腹減ったな。豚肉が残ってたはずだから、今夜は生姜焼きにでもするか」

「うん」

　靴を履いためぐみは、父と手をつないで保育園を出た。夏至が近いため、太陽はまだ沈んでいない。夕暮れ時の道を並んで歩いていると、父が話しかけてくる。

「めぐみ。明日、ケンカした子にちゃんとあやまりなさい」

「………」

「嫌なことを言われたとしても、友だちを叩いたりしたらだめだ。めぐみだって、腕を噛まれて痛かっただろ。悪いことをしたときは、ちゃんとあやまらないと」

「でも」

「でもじゃない。返事は？」

わかったと答えると、父は「いい子だ」と褒めてくれた。それが嬉しくて、つないだ手に力をこめる。父の手は自分よりもずっと大きく、あたたかかった。

めぐみが五歳になったばかりのころ、母が交通事故に遭って他界した。

成長してから聞いた話によると、仕事が長引き、保育園のお迎えが遅くなったことに焦った母は、かなりの勢いで自転車を漕いでいたという。勢いをつけて坂を下り、道を曲がろうとしたところで、向こうからやってきた車とぶつかってしまったのだ。

当時は幼かったこともあり、めぐみは母の死をよく理解できず、記憶も曖昧だった。いまから思えば、それはある意味で救いだったのかもしれない。はっきりと理解できるような年齢だったら、そのショックと絶望は計り知れなかったことだろう。

母は唐突にめぐみの前から姿を消し、わけがわからないまま父とのふたり暮らしがはじまった。いつもそばにいて甘えることができた母と、もう二度と会えないのだと悟ったのは、ちょうど友だちとケンカをした、この年頃だったと思う。

「ただいまー」

「うわ、蒸し暑いな。窓開けるか」

一年前まで家族三人で暮らしていたアパートの部屋は、常に雑然としていた。台所の流しや風呂場の洗濯カゴにも、洗い物がたまっている。父は料理人なので食事の心配はいらなかったが、ほかの家事はなかなか手が回らず、休日にまとめて行っていた。

「そうだ。めぐみ、腕見せてみろ」

「ん」

「どれどれ。……こりゃまたくっきり残ってるなぁ」

絆創膏(ばんそうこう)をはがして右腕を見せると、父は苦笑しながら傷を消毒してくれた。手当てのあとは空腹の娘のために、手早く夕食をつくってくれる。できたての生姜焼きを平らげためぐみは、満足して「ごちそうさまでしたー」と箸(はし)を置いた。

「今日はデザートもあるんだぞ。休憩時間に、近所の和菓子屋で見つけたんだ」

立ち上がった父は、居間に放り出してあった鞄をごそごそと探った。

中から出てきたのは、小粒の金平糖(こんぺいとう)をいくつも集め、あじさいに見立てたお菓子。青に紫、そして白い金平糖で丸く形づくり、葉っぱの飾りもついていた。

「うわぁ、かわいい！　お星さまのお花みたい」

手のひらサイズの金平糖を見て、めぐみは目を輝かせた。それはまるで、小さな星がぎゅっと詰まっているかのよう。その愛らしさに釘付けになる。

「ふたつあるけど、めぐみは青とピンク、どっちを先に食べたい？」

「ピンクー！」

「よし、こっちだな」

父がふたたび鞄の中からとり出したのは、ピンクと白の金平糖。

袋の口を開けた父が、手を出すように言う。手のひらを上にして差し出すと、父の大きな手から、星のかけらが降ってきた。一粒を口に入れ、ゆっくり溶かしていくと、じんわりとした甘さに満たされる。

めぐみの隣であぐらをかいた父は、金平糖を何粒かまとめて口の中に放りこんだ。しんとした室内に、ボリボリと奥歯で砕く音が聞こえてくる。

「あ、お父さん、噛んじゃだめだよー。もったいないなぁ」

「舐め終わるまで待っていられないんだよ」

雨は降っていなかったが、六月の空気はじめじめしていて気分がふさぐ。居間には冷房がついていなかったので、熱気がこもって蒸し暑い。けれど父と一緒に食べるお菓子がおいしくて、その優しい甘さが不快感を吹き飛ばしてくれた。

「こんぺいとう、甘くておいしいね。もっとちょうだい」

「今日はここまで。あんまり食べると虫歯になるぞ」

「えー」

「えーじゃない。ちゃんと歯を磨いてから寝ろよ。痛い思いしたくないだろ」

「はぁい」

お風呂に入ってさっぱりしためぐみは、父の言いつけ通り、しっかり歯磨きをした。

居間に戻ると父がいない。親子三人で使っていた寝室に行くと、そこには二組の布団が敷かれていた。

その隣の部屋には、亡き母を偲(しの)ぶためにしつらえた、小さな家庭祭壇がある。

長崎出身の母はクリスチャンだったので、位牌ではなく十字架が置かれ、生前の本人が気に入っていたという写真が飾ってあった。父は祭壇の前に正座して、さきほど見せてくれた青い金平糖を供えている。

父よりも五つ年上の母は、高卒後に東京の劇団に入り、女優として舞台に出ていた。

背が高くすらりとしていて、身内の欲目を差し引いても、華があってとてもきれいな人だった。結婚を機に引退し、それから地元に戻ってめぐみを産んだが、その美貌(びぼう)は近所でも評判で、そんな母と顔が似ていると言われるたびに、嬉しくて誇らしかった。

（でも、めぐみにはもう、お父さんしかいないんだ……）

母の葬儀が終わってからしばらくの間、めぐみは「お母さんに会いたい」と泣きわめいて父を困らせた。父が仕事で忙しいときは、同じ市で暮らす母方の祖母が面倒を見に来てくれたが、やはり駄々をこねてぐずることが多かった。

幼くして母親を喪った孫をなぐさめるため、祖母はお菓子やおもちゃをたくさん買い与えてくれたけれど、大きな喪失感は決して埋まることはなく——

「いくらなんでもはやすぎるわよ……。めぐみだってまだあんなに小さいのに」

しかしあるとき、祖母が父と一緒に昔のアルバムに目を落とし、嗚咽を漏らしているのを見てしまってから、めぐみはわがままを言うことをやめた。母がいなくなってつらい思いをしているのは、自分だけではない。そのことに気づいたからだった。

それから間もなくして、めぐみは近所の小学校に入学した。

ひとりで留守番ができる年齢になるまで、めぐみは学校が終わると、家の近くにある父の勤め先に帰っていた。父の知り合いが経営する洋食レストランは、地元の住民から根強い人気があり、父はその店の料理人として腕をふるった。

ランドセルを背負っためぐみは、いつものように店の裏手にあるドアを開ける。

「ただいまー！」

「めぐみちゃん、おかえりー」

「今日はお友だちとは遊ばないの？　だったらこの新メニュー、試食してみてよ」

レストランのスタッフは親切な人ばかりで、片親になった父を気遣い、めぐみを可愛がってくれた。友だちと遊ぶときはランドセルを置いてすぐに飛び出していくが、そうでないときは休憩室でテレビを観たり、宿題をやったりする。

「お、帰ってたのか。おかえり」

畳の上でごろごろしていると、出入り口から父が顔をのぞかせた。

「手洗いとうがいは？」

「したよー」

「宿題があるなら、うちに帰るまでにやっておけよ」

東京で生まれ育った父は、若いころは舞台役者を志し、母と同じ劇団に所属していたという。大学を中退し、父親から勘当されてまで進んだ道ではあったが、残念ながら役者としての芽が出ることはなく、自分の限界を痛感したそうだ。

しかしいまさら実家に戻るわけにもいかず、当時のバイト先が洋食屋の厨房だったことがきっかけで、料理人の道に進んだ。幸運にもそちらは向いていたようで、腰を据えて修業をはじめると、その腕はみるみるうちに上達していったらしい。

「今日は八時に上がるから、ここで夕飯食って帰ろう」

「うん！」

休憩室は厨房のすぐ近くにあるため、常にいい匂いが充満している。時間をかけて仕込むデミグラスソース、こんがりと焼き上がったハンバーグからにじみ出る肉汁、ホワイトソースとミートソースが贅沢に重なり合った、熱々のラザニア……。

給食はしっかり平らげているのに、ここは食べ物の誘惑が多くて困る。おかげで小学生のころのめぐみは、クラスの女の子たちとくらべると、いささかぽっちゃりしていた。中学で運動部に入ってからは、自然と瘦せていったけれど。

「前はコロコロしてて可愛かったのになぁ」

父は残念そうに言っていたが、思春期の少女にとって、太り気味というのは大きなコンプレックスになるのだ。このころはまだ、そのあたりを気にするほど色気づいてはいなかったから、好きなものをお腹いっぱい食べていた。

「おーいめぐみ、今夜は海老ピラフとチキンソテー、どっちがいい？」

「ピラフー！」

「よし。美味いのつくってやるからな」

――ねえ、めぐみちゃんって、なんでお母さんがお迎えにこないの？

あのとき保育士の先生が話していたように、いまから思えば、その女の子にはまったく悪気がなかった。彼女にとって、母親は子どものそばにいるのがあたりまえ。だからそうでないめぐみを不思議に思っただけだったのだ。

でもそれは、自分にとってはあまりにも残酷な言葉。母親のぬくもりに守られる彼女がうらやましくて憎たらしくて、気がついたときには手を出してしまっていた。

近年は離婚件数が増えているから、死別に限らず、片親に育てられる子どもは少なくない。しかし両親が健在の場合、親権をとるのは圧倒的に母親のほうが多かった。幼い子どもは本能的に母親を求めるものだし、思春期の悩みも男親にはなかなか相談しにくい。そういった背景もあるせいか、父と娘だけの家庭を偏見の目で見る人もいる。

「えっ！　あの人、宇佐美さんのお父さん？　すっごくかっこいい！」

「いいなぁ。うちのお父さんとは大違い……」

それでも父が授業参観に来てくれたときは、クラスメイトからうらやましがられて嬉しかったし、周囲の母親からも、よい意味で注目されて鼻高々だった。

その一方で、両親がそろっていない家庭では、子どもの躾が行き届かないだろうと嘲笑されたこともあった。父には「はやく再婚して新しい奥さんをもらえ」と、無神経な言葉をかけてきた人もいたという。

そんな偏見にも負けず、父は仕事と育児を両立していた。できる限りの愛情をそそいで娘を育て、大学まで出してくれた。いいことばかりがあったわけではないけれど、自分の少女時代は、父がいてくれたから幸せだったと、いまなら胸を張って言える。

それから約二十年。何度かの引っ越しを経て、父は現在、山梨県の甲府市(こうふ)にあるアパートで、十年前に再婚した継母(けいぼ)の紫乃(しの)とふたりで暮らしている。

めぐみの住まいは長崎県内にあるため、父たちとは年に数回会う程度だ。父と離れて大学の女子寮に入ったばかりのころは、心細くてよく電話をしていた。しかし三十路(みそじ)が近づいてきたいまは、定期的な連絡にとどめている。

しばらく坂をのぼっていると、雨に濡れた二階建ての集合住宅にたどり着いた。

傘を閉じためぐみは集合ポストの前を通り過ぎ、一階の奥へと向かう。ここには何度も来ているが、この時期におとずれるのははじめてだった。通路から見える花壇には青いあじさいが植えられていて、雨の滴(しずく)を受けている。

一〇一号室の前で足を止め、呼び鈴を鳴らすと、少しの間を置いてドアが開いた。無地のTシャツにスウェットズボンを穿(は)いた父が姿を見せる。

「お、来たか。遠いところお疲れさん。長崎も雨だったか？」

「まあね。この時期は晴れてるほうがめずらしいでしょ。梅雨だもの」

苦笑しためぐみは、水滴を払った傘を玄関の内側に立てかけた。「お邪魔します」と断ってから、レインブーツを脱いで家に上がる。

2DKのアパートは、父と紫乃が再婚後に引っ越した家だった。こちらに来るときは泊まりがけになるが、めぐみはいつも駅前のビジネスホテルに宿をとっている。

遠慮するなとは言われたけれど、ここは父の家であると同時に、紫乃の家でもある。だからずかずかと踏みこむことはしたくなかった。紫乃のことが嫌いなわけではなく、お互いに大人だから、適度な礼儀と距離感を守りながらつき合いたいのだ。

「この時期は湿っぽくて嫌になるな。洗濯物も乾きやしない」

「わかる。乾燥機能つきの洗濯機がほしいんだけど、贅沢だしお値段がね」

「もうすぐ結婚するんだし、思いきって買ったらどうだ。仕事は続けるんだろ？　裕哉くんと半額ずつ出せばいけるんじゃないか」

「うーん……。でもほかにも買わなきゃいけないもの、たくさんあるから。新居も探さないといけないし、決まったら家具を選んで引っ越し準備でしょ。身内だけとはいえ式も挙げるしね。物入りで大変」

何気ない話をしながらダイニングを通り抜けためぐみは、奥にある和室に入った。
娘が来ることがわかっていたからか、きれいに片づけられている。背の低い棚の上にはフレームに入った女優時代の母の写真が飾られていて、ガラスの花瓶にはみずみずしい百合の花が活けられていた。

父の再婚が決まって引っ越しをするとき、母の祭壇はめぐみが引きとった。

紫乃の気持ちを考えると、自分の家にそういったものがあるのは、やはり複雑だろうと思ったからだ。けれど紫乃は「亡くなられた奥様を忘れてほしいとは思いません」と言って、みずから母の写真を飾り、花を買ってきてくれた。

写真の前で膝を折っためぐみは、地元で買ってきた月餅を供えた。両手を組んで祈りをささげていると、台所から父の声が聞こえてくる。

「めぐみ、昼飯はどうする?」

「いつものがいい」

「あじさい揚げか。おまえはほんとにあれが好きだな」

めぐみがこの家に遊びに来ると、父はいつもはりきって食事をつくってくれる。専門は洋食だが、食卓に出す料理は栄養バランスを考えた和食も多かった。その中でめぐみが特に好んでいる一品があじさい揚げで、ここに来るたびにリクエストしている。

ひとり暮らしをするようになってからレシピを教えてもらったが、何度つくってみても父のそれにはかなわない。

（でも、裕哉はよろこんでくれたなぁ）

婚約者の笑顔を思い出して、口元が自然とほころぶ。

裕哉は同じ大学の二年先輩で、学部は違うが映画研究サークルの仲間だった。学生時代から気が合って、それなりに親しくはしていたが、当時はお互いに別の相手がいた。そのため交際をはじめたのは、めぐみが大学を卒業してからのことである。

（なんでもおいしそうに食べてくれるのはいいんだけど）

食欲旺盛なうえにお酒も好きな裕哉は、三十歳になったあたりから、少しずつ太りはじめた。引き締まっていたはずの下っ腹もぽっこりしてきている。やわらかくてさわり心地はいいのだが、ダイエットは年齢を重ねるほどむずかしくなっていく。健康維持のためにも、結婚したら栄養管理に気を配ろう。

そんなことを考えていると、台所からリズミカルな包丁の音が聞こえてくる。

「お父さん。ご飯食べたら、一緒に紫乃さんのお見舞いに行こうよ。空港で月餅とカステラ買ってきたから差し入れしたくて。いまは特に食事制限はないんでしょ？」

「ああ。気を遣わせて悪いな。紫乃もよろこぶだろうよ」

――実はいま、再婚を考えてる人がいるんだ。

父が打ち明けてきたのは、めぐみが高三に上がる直前のことだった。

再婚相手として紹介された紫乃は、父が当時勤めていたレストランの常連客で、父とは同い年。福祉施設に勤務しながらケアマネジャーの資格をとり、バリバリ働いている人だった。結婚歴はなく、仕事に人生をささげるつもりだったそうだが、縁あって父と出会いともに生きたいと考えるようになったらしい。

「私、零一さんがつくるお料理のファンで、もう五年くらいお店に通っているんです。そうしたらいつの間にか太っちゃって。ダイエットには苦労しています」

そう言って、紫乃は困ったように笑った。

血色がよくぽっちゃりとした彼女は、明るくて前向きな人で、母とはまた違った魅力があった。自分はもう小さな子どもではなかったし、頭ごなしに反対する理由も見つからなかったので、しばらく交流して人柄(ひとがら)を見極めようと思った。

紫乃を紹介されてから数カ月後、父は山梨で暮らす友人から、一緒に店を開かないかと誘われた。ずっと自分の店を持ちたがっていた父は、悩んだ末に移住を決めた。めぐみは地元の大学を受けるつもりだったので、残ることにしたのだ。

「許してもらえるのなら、私もついて行きたいと思っています」

めぐみのもとをおとずれた紫乃は、そう言った。

「もちろん、仕事は新しく探すつもりです。資格もあるし、零一さんの負担にはならないようにするので……」

その話を聞いたとき、めぐみはふたりの再婚を認めた。

どちらにしても、高校を卒業したら親元を離れて暮らす予定だった。これまでにも再婚の話はいくつかあったけれど、持ちこまれた縁談は、娘のことを考えた父がすべて断っている。男手ひとつでめぐみを育て上げた父も四十を過ぎ、今後の人生をともに過ごしたいと望む人を見つけたのなら、それは幸せなことだと思えたのだ。

「紫乃さん。向こうに行っても、父のことをどうかよろしくお願いします」

めぐみが大学に入るころ、父は紫乃と一緒に引っ越していった。

再婚したからといって、父が母のことを忘れたわけではない。毎年、母の命日には必ず長崎に戻り、めぐみと一緒にお墓参りに行った。紫乃がついてくることはなく、そのときは父と娘の交流を優先してくれた。

そしていつしか十年が経ち、自分も秋には裕哉との挙式を控える身となった。台所をのぞきこんだめぐみは、料理の下ごしらえをする父の姿をじっと見つめる。

（お父さん、おめでとうとは言ってくれたけど……）

婚約が決まったあと、めぐみは裕哉と相談し、親たちの顔合わせを企画した。おいしい料理を食べながら話をすれば、きっと場もなごんで会話もはずむだろう。そう考えためぐみは、はりきって人気のお店を予約した。

しかし会食当日、自分の期待とは裏腹に、長崎までやってきた父はどこか居心地が悪そうだった。裕哉の両親は気さくに話しかけてくれたが、父の笑顔はひきつっていて、誰とも目を合わせようとしなかったのだ。

――もしかして、お父さんは向こうのご両親と会いたくなかった?

念願だった店をうまく経営できなかった父は、自分が現在、非正規の仕事に就いていることに対して負い目がある。難病の紫乃に多額の医療費がかかっていることも気にしていた。それらの事実が、相手の心証を悪くすると思ったのだろう。

会食の前に父には伝えたが、めぐみは自分の家族について、裕哉の両親に包み隠さず話していた。もちろん、父の仕事や紫乃のことも。あとから発覚するよりも、先に自分の言葉で打ち明けておきたかったのだ。

受け入れてもらえなかったらと思うと怖かったが、裕哉の両親は、それでもかまわないと言ってくれた。「息子が選んだ人も、そのご家族も拒絶はしない」と。反対されることも覚悟していただけに、涙が出るほど嬉しかった。

「わざわざこちらまで来てくださるんだから、めぐみさんのお父さんには、嫌な思いをさせないようにしよう。裕哉もじゅうぶん気をつけなさい」

裕哉の両親は、食事会では父を気遣い、現在の仕事の話はいっさいしなかった。出された料理の感想や挙式のプランといった明るい話題で盛り上がったけれど、父の立場ではやはり、気が重かったのだろうか……。

「めぐみ、すまん」

ふいに父がこちらをふり向き、思考がいったんストップする。

「食材、そろってるかと思ったらひとつ買い忘れてた。うっかりしてたよ」

「だったら別のでもいいよ」

「いや、そうはいかん。ちょっと買いに行ってくるから待ってろ。すぐ戻るから」

言いながらレインコートを着こんだ父は、原付の鍵を手にして出て行った。

坂の下に小さなスーパーがあるので、そこで購入するつもりなのだろう。食材がないなら有り合わせのものでもかまわなかったのに、悪いことをしてしまった。

手持ち無沙汰(ぶさた)になっためぐみは、なんとはなしに室内を見回した。すると、オープンラックの上段に置いてあったシンプルな写真立てに気がついた。子どものころにお世話になったレストランを背景に、父と自分が笑顔で写っている。

（うわぁ。このころはやっぱりちょっとおデブだわ。お父さんはまだ若いな）

もっと近くで見たくなり、めぐみは立ち上がってラックに近づいた。

手を伸ばしかけたとき、角が少しはみ出した赤いクリアファイルが目に留まる。気になって押しこもうとしたものの、本や書類がぎっちり詰まっていたので入らない。

「もう……詰めこみすぎ」

しかたがないので、いったんファイルを引っこ抜く。勢いをつけたせいで中の書類が飛び出し、ばさばさと散らばってしまった。あわてて書類を拾い集め、最後の一枚を手にしためぐみは、そこに記されていた文字を見て眉を寄せる。

書類には「遺留分減殺請求書」と記されていた。

はじめて目にする物々しい名称が気になって、いけないとは思いつつ、内容も読みとってしまう。文章の意味を理解すると、鼓動が早鐘を打ちはじめた。

「な……なにこれ」

めぐみが解釈した限り、父は「雪村大樹」という人に、母親の遺産の一部を返すよう請求している。雪村という人に心当たりはなかったが、「宇佐美雪枝」が父の母――つまりめぐみにとっての父方の祖母だということは知っていた。しかし父方の祖父母については、写真を見せてもらったことはあるものの、実際に会ったことはない。

母方の祖父母が近くに住んでいたので、「おじいちゃんとおばあちゃん」が一組しかいなくても、幼いころはさほど大きな違和感を持つことはなかった。けれど成長していくにつれて疑問に思うようになり、あるとき父に訊いてみた。

「若いころ、おじいちゃんと大ゲンカをして勘当されたんだ。おじいちゃんは何も悪くなくて、お父さんが目先のことしか見えていない、浅はかなやつだったせいだけどな」

「向こうのおじいちゃんとは仲直りできないの？」

「そうだな……。いつかは」

父は感情を押し殺すような表情で答えていたが、ふたりが本当の意味で和解することはできなかったのだと思う。なぜなら祖父は、十二年前に亡くなってしまったから。

細々と連絡をとっていた祖母から一報を受け、葬儀に向かった父が帰ってきたとき、その両目は真っ赤に腫れあがっていた。

誰にとっても、血のつながった父親は世界にただひとりだけ。勘当されていても、お互いに憎み合っているわけではなかったはずだから、息子として父親の死を心から悲しんでいたのだろう。それがよくわかったできごとだった。

めぐみは動揺をおさえながら、ふたたび書面に目を落とす。

（これを見る限り、おばあちゃんも亡くなった……？）

日付を見ると、祖母は三年以上も前にこの世を去ったようだ。

父の両親は写真でしか見たことがないけれど、祖母はふんわりとした雰囲気の、上品で優しそうな人だった。できれば生きているうちに会ってみたかったが、父に無断で勝手なことはしたくなかったのだ。

（そういえば、おばあちゃんって何かのお店をやってるって聞いたような）

居酒屋だったか小料理屋だったか、そういった類(たぐい)の飲食店を経営していると、以前に父が言っていたような気がする。

書類の文面からすると、祖母の遺産はその店を含んだ土地なのだろう。法律にはあまり詳しくないが、相続と遺贈(いぞう)は違うはず。土地を遺贈された雪村という人は、父と同じ法定相続人ではなく、遺言か何かで遺産を譲られたのだろう。もしかしたら、土地ごと祖母のお店を受け継いだ人なのかもしれない。

「――――って、なにこの金額!?」

記されていた数字に気づいためぐみは、ぎょっとして目を剝(む)いた。自分の年収の数倍に及ぶ、とんでもない大金である。まさか父は、こんな金額をひとりの男性に請求しようとしているのだろうか？　とたんに恐ろしくなって、書類を持つ手が震える。

（お父さん、なんでこんなことを……）

雪村という人に、果たしてこれだけの大金を支払える財力があるのだろうか？

彼が祖母のお店の後継者だとしたら、なおさら無理ではないかと思う。個人の飲食店経営がどれほど綱渡りなのかは、父が身をもって証明している。よほどの老舗や有名店でもない限り、黒字を維持するだけでも大変のはず。

（ここまでしてお金をほしがっているのは、紫乃さんのため？）

先日お見舞いに行ったとき、紫乃はめぐみに会えて嬉しいと微笑み、陽気にふるまっていた。食欲は以前よりも回復したそうだが、元気でふっくらしていた姿を知っているだけに、頰がこけ、痩せ細ってしまった体が痛々しかった。

――めぐみちゃん、ごめんなさい。

病気が見つかったとき、紫乃は自分に向けて、申しわけなさそうに頭を下げた。

「零一さんの負担にはならないだなんて言っておきながら、こんな……。離婚も考えたんだけど、零一さん、それだけは絶対に応じないって」

どれだけ費用がかさんでも、家族の命にはかえられない。

そんなときにお金を手に入れるあてが見つかったら、なりふりかまわず行動を起こしてしまうのか。最初の妻に先立たれ、両親もいなくなってしまった父は、もう誰も喪いたくはないのだろう。その気持ちは痛いほどよくわかるけれど――

（どうしよう……）

父に問いただしてみるか、それとも見なかったことにしておくべきなのか。

混乱していたとき、玄関から鍵を開ける音が聞こえてきた。

「はあ、まいった。下のスーパー、ちょうど改装で休みだったんだよ」

思っていたよりはやい帰宅にあわてためぐみは、急いで書類をファイルに戻した。棚に押しこもうとしたものの、焦りのせいでうまく行かない。

「別の店まで行ってたら時間がかかるし、今日はほかのもので――」

室内に足を踏み入れかけた父は、ラックの前で固まる娘の姿を見て首をかしげた。しかし、めぐみが手にする赤いファイルに気づいたと同時に、形相が変わる。

「おまえ、それ……」

「あ、あの……」

返す言葉が見つからず、うろたえていると、父が大股（おおまた）で近づいてきた。ひったくるようにファイルを奪われ、びくりと震える。おびえる娘の表情を見て、はっと我に返った父は気まずそうに顔をそむけた。

「中、見たのか」

めぐみは黙っていたが、それが何よりの答えになったのだろう。眉間（みけん）にしわを寄せた父は、「別にたいしたことじゃない」と言って踵を返した。そのまま台所に戻ろうとする父の背中に、めぐみは思わず声をかける。

「たいしたことない？　そんなわけないでしょ！」

「………」

「勝手に見たのは悪かったけど、遺産ってことは、おばあちゃんはもう亡くなってるんだよね？　遺留分ってどういうこと？」

「めぐみには関係のない話だよ」

　冷ややかに言われたが、そんな答えで納得できるはずがない。

「すごい金額が書いてあったよ。他人にあんな大金を請求しようとしてるの？」

「……別に悪いことはしていない。法律に則った正当な請求だ」

「だったらどうして目をそらすのよ。お父さん、人と話をするときは相手と目を合わせろって言ったくせに。できないのは何か後ろめたいことがあるからじゃないの？」

　図星を突かれたのか、父の眉がぴくりと動く。

「正当な請求だったとしても、お父さん、何十年も前に実家を出てるでしょ。おじいちゃんのときみたいに協議して遺産を分けてもらったっていうならわかるけど、今回はほかの人に遺贈されたものを寄越せって言ってるんだよね？」

「権利はあるんだ。一部だけどな」

「この土地っておばあちゃんのお店も入ってるよね。いきなりこんな請求されて、雪村さんって人は大丈夫なの？　まさか、売却してそこから払わせるつもり？」

「それは……」

父が気まずそうに口ごもった。おそらくこれも図星なのだろう。

「お金がほしいのは治療費のためだよね。でも紫乃さんがこんなこと知ったら、よろこぶと思う？」

治療にかかる費用は、父と紫乃がこれまで貯めてきたお金の中から出しているはず。しかし貯金には限りがあるし、父の仕事は非正規なので収入が少ない。紫乃も退職してしまっているので、そろそろ限界が来るのではないかと危惧していたのだ。

もしものときは自分が援助すると申し出たが、いらないと断られてしまった。父としては、結婚を控えた娘に金銭的な負担をかけたくなかったのだろう。それで大丈夫なのかとひそかに心配していたのだが……。

（まさかおばあちゃんの遺産をとり返そうとしてたなんて）

「ねえ、雪村さんって誰なの。お父さん、本気でこんなこと――」

「だから、おまえには関係ないって言ってるだろ！」

室内に響き渡った大声に、めぐみは驚いて息を飲んだ。いつも優しい父が声を荒らげるなんて、はじめてのことだったのだ。ショックで唇を震わせていると、娘の顔を見た父もまた、何かをこらえるような表情になる。

「……すまなかった」

静まり返った室内に、父の苦しげな声が溶けていく。娘よりも傷ついた顔の父に、それ以上何もたずねることができず、めぐみはこぶしを握りしめてうなだれた。

「今夜はお客さん、少ないですね――……。雨が降ってるからかなあ」

六月も終わりに近づいてきた日の、二十二時過ぎ。「ゆきうさぎ」の厨房で大樹が翌日の仕込みをしていると、碧(あおい)が話しかけてきた。

彼女がバイトに入るのは、実に三週間ぶりのことだ。今月は出身中学で教育実習があったため、そちらに集中させていた。実習は何日か前に終わり、久しぶりに仕事がしたいと言うので、シフトに入ってもらったのだ。

実習の間、碧は何度か店にやってきて夕食をとった。気を張ったぶん腹も減るのか、いつもより食欲旺盛で、周囲のお客を驚かせていたことが印象深い。

実習の初日、碧は大樹の料理を求めて「ゆきうさぎ」をおとずれた。

「今日はさっそく指導担当の先生に叱られちゃって……」

彼女はしょんぼりしながら言ったが、「でも、父がつくってくれたお弁当を食べたら元気になれました！」と笑った。その弁当を、彼女の父がどんな気持ちでつくったのかを知っているから、まるで自分のことのように嬉しかった。

「浩介さんのエプロン姿、見たんだろ？　意外と似合ってなかったか？」

「そうですねえ。はじめてだったからびっくりしたけど……って、雪村さん、父のこと名前で呼んでましたっけ？　いつから？」

「さあ、いつからだろうな」

意味ありげに返すと、碧は「教えてくださいよー」と口をとがらせた。

亡き母親が買ってくれたというスーツに袖を通し、薄化粧をほどこした碧は、普段よりも大人びていてきれいだった。大食いなのは変わらないのに、雰囲気も少し違って見えたのは、髪を下ろしていたからだろう。

碧の見た目は、はじめて会った十八のときから、さほど変わらないと思っていた。しかし実際は、この三年で内面はもちろん、外見のほうも確実に成長していたのだ。それだけの年月が経過したのだと、あらためて実感した。

──手放したくない大事なものは、いまのうちにしっかりつかまえておいたほうがいいんじゃないかしら。

いつだったか、百合(ゆり)に言われた言葉が頭に浮かぶ。

(そういえば、タマの話が中断されてたな……)

三月の終わりごろ、碧は真剣な表情で、自分に話があると言ってきた。そのときは叔父と再会したことでうやむやになってしまい、流れてしまったのだ。あの話の続きがひそかに気になっているのだが、いまだに保留されたままだった。

碧が卒業するまでは、この心地よい距離感を守りたいと考えていた。でも、その間に誰かにかっ攫(さら)われでもしたらどうする？　常連客の中には碧に好意を抱く人がいるし、そもそも来年の春までに、果たして「ゆきうさぎ」は残っているのか……。

(零一さんか……。あれからなんの音沙汰もないけど)

最後に叔父がこの店に来てから、二カ月近くが経過した。しかし先方にはまだ動きがない。着々と準備を進めているのだろうとは思うが、不気味な沈黙だ。

『強欲だと思ってるだろ。身内にこんな人間がいるなんて、おまえも運が悪かったな』

『大樹、おまえは料理人としても経営者としても優秀だ。それは認める』

『金さえ手に入るなら、鬼にだってなってやる』

前に会ったとき、叔父は洋食屋を営んでいたと言っていた。

飲食店を経営することのむずかしさは、同じ業界に身を置く者として、大樹も嫌というほど実感している。「ゆきうさぎ」が安定した売り上げを保つことができているのは、定期的に通ってくれる固定客をつかんでいるからだ。

流行の店なら世相に影響されることもあるだろうが、「ゆきうさぎ」は違う。だが、いつ何が起こってもおかしくないのが経営というもの。

いっときでも自分の店を持ち、それを失った苦い経験があるのなら、大樹が「ゆきうさぎ」を守りたいと思う気持ちも理解できるだろうに。祖母もまさか、息子がこんなことをするなど考えもしなかったに違いない。

母から紹介された弁護士と相談してみたが、このまま調停や訴訟にもつれこめば、勝つのはむずかしいだろうと言われている。叔父の訴えは正当なものだから、棄却の可能性は低いと。その前に叔父を説得し、遺産をあきらめてもらわなければ。

(でも……どうすればいいんだ?)

コンロの前に立ち、ぐつぐつと音を立てる鍋を見つめていたときだった。

ふいに視界がゆがみ、大樹は思わず後ろに下がった。調理台に片手をつくと、はずみでステンレスのボウルが床に落ち、派手な音を立てる。

「雪村さん!?　ど、どうしたんですか」

「いや……たいしたことじゃない。ちょっとめまいがして」

「大丈夫ですか?　お客さんもいないし、少し休んだほうがいいんじゃ」

　厨房に入ってきた碧は、心配そうに大樹の顔をのぞきこむ。彼女は「あれ?」と眉を寄せたかと思うと、大樹の額に手をあてた。その手のひらは意外にひんやりしていて、不思議な気持ちよさを感じる。

「やっぱり熱がありますよ!　雪村さん、顔が真っ赤です!」

「え……」

「もしかして気づいてなかったんですか?」

　そういえば、さっきから妙に体が火照っているような気がしていた。気だるいのに足下がふわふわしていて、おかしいとは思っていたのだけれど。

「とりあえず横になりましょう。頭痛や吐き気は?」

「それはないけど……」

　発熱していることを自覚したとたん、全身が一気に重たくなった。

　コンロの火を止めた碧は、ふらつく大樹の体を支えながら厨房を出る。なんとか小上がりまでたどり着くと、大樹は力なく畳の上に倒れこんだ。

（まずい……。こんなときにダウンしてる場合じゃないのに）

折り曲げた座布団を枕にした大樹は、ぼんやりと天井を見つめた。「ゆきうさぎ」には料理人がひとりしかいないので、自分が体調を崩してしまうと、店を閉めざるを得なくなる。だから体調管理には常に気を配っていたはずなのに。

「ここでちょっと休んだら、母屋に戻りましょう」

休憩室から昼寝用の薄い毛布を持ってきた碧が、大樹の体にそれをふわりとかけてくれる。水で濡らしたタオルが額に置かれ、ほっと息をつく。

「このところ気温の差が大きいし、疲れが出たのかもしれませんね。それにスズさんから聞いたんですけど、最近はお昼の仕事が忙しくなってきたって」

「ああ……たしかに」

四月のはじめ、商店街の近くに新しい雑居ビルが建った。

小さな会社の営業所や事務所が入居したので、そこで働く人々が、ランチタイムに商店街の飲食店で昼食をとるようになったのだ。お客が増えたことは嬉しかったが、自分と百合のふたりだけでは、手が足りなくなりつつある。

利益を増やすには絶好のチャンスだし、できれば定休日である水曜も店を開けたい。しかし週に一度の休みまで働くとなると、さすがの大樹も過労で倒れる。

（こういうとき、俺のほかにもうひとり、料理人がいてくれたら――）

そんなことを考えていると、碧が思い出したように顔を上げた。

「あっ。お店、もう閉めてもいいですよね」

「そうだな。ちょっとはやいけど、この状態じゃ何もできないし……」

「明日、水曜でよかった。定休日だからゆっくり休んでください」

「いや……実はそうはいかなくて」

大樹の答えに、碧は目をぱちくりとさせる。

普段は休みなのだが、明日は十一時から一件、貸し切り予約を受けていた。商店会の幹部が集まる親睦会で、今回は「ゆきうさぎ」が会場なのだ。会長からはすでに前金をもらっているし、食材も買いそろえてある。いまさらキャンセルはしたくない。

「でも、朝までに熱が下がるとは限らないですよ?」

「わかってるけど……」

「無理して悪化でもしたら、もっと困るし」

碧の言いたいことはよくわかる。ただの風邪だとしても、自己判断で厨房に立ち、周囲にウイルスをまき散らすなど言語道断。ここは大事をとって休養し、会長にはお詫びの連絡をするしかないだろう。

（日時の変更か、返金か……。もう遅いし、電話は明日の朝だな）

壁の時計をちらりと見た大樹は、続けて厨房に目を向けた。

火にかけていた鍋の中には、親睦会で出すつもりだった豚の角煮が入っている。「ゆきうさぎ」の裏メニューのひとつで、会長から唯一リクエストがあった品だ。

「みんな大ちゃんの角煮が食べたいって言っているんだ。頼めるかね？」

甘辛い自家製のタレでじっくり煮込んだ三枚肉は、箸を入れるだけでほろりと崩れ、とろけるような脂身と、煮汁が染みた赤身を堪能できる。お品書きにはたまにしか載せていないが、常連の間では人気のメニューだった。

（彰三さんも来るって聞いたし、好物だから食べてもらいたかったけど）

大きな息をついた大樹は、心配そうにこちらの様子をうかがう碧と目を合わせた。

「タマ、もしよかったら鍋にある角煮、食べてもいいぞ」

「え？」

「今日は賄い、用意できそうにないからさ。炊飯器に飯も残ってるから」

会長や彰三たちに出すことができないのなら、碧においしく平らげてもらいたい。大樹の気持ちを汲んでくれたのか、碧は「わかりました」と笑顔で答える。さすがの碧でもひとりで食べきれる量ではなかったが、残りは冷凍すればいい。

「それじゃ、先に暖簾(のれん)はずしてきますね」

腰を上げた碧が、小上がりの前にそろえてあった靴を履(は)こうとしたときだった。引き戸が開き、はっとした大樹たちは、反射的に視線を向ける。暖簾をくぐってあらわれた人を見た大樹は、体調が悪いことも忘れ、がばっと上半身を起こした。

「……なんだ。今日はもう閉店か?」

ゆっくりと中に入ってきた零一が、不思議そうに首をかしげた。

どこからかただよってくる甘い香りに誘われ、大樹はふっと目を覚ました。

枕元のスマホを引き寄せ確認すると、深夜零時を過ぎていた。一時間ほど眠っていたようだ。母屋の一階にある和室には、軽く冷房がついていたが、上に着ていたTシャツが湿っている。汗をかくのはいいことだが、しっとりとした布地の感触が気持ち悪い。

(着替えるか……)

もぞもぞと布団の中から這(は)い出して、電気をつけようとしたとき、仏間につながる襖(ふすま)がすっと開いた。枕元にランプの明かりが灯(とも)るだけの薄暗い和室に、丸盆を手にした零一が入ってくる。

「起きたのか。ちょうどよかった。具合はどうだ？」

「ええと……」

なぜここに叔父がいるのかわからず、軽く混乱してしまう。ややあって思い出した大樹は、「さっきよりはマシです」と答えると、布団の上に座り直した。

丸盆を畳の上に置いた零一が、電気をつける。

「さっき線香をあげたから、まだちょっと匂いが残ってるな」

そういえば甘い香りのほかにも、うっすらとだが残り香を感じる。以前は「やめておくよ」などと言っていたが、やはりこの家に上がったからには、両親の仏壇（ぶつだん）に手を合わせなければと思ったのだろうか。

（零一さんがうちにいるなんて、妙な感じだ……）

店を閉めようとした矢先、「ゆきうさぎ」にあらわれた零一は、ぐったりする大樹を見て眉を寄せた。どうしたんだと訊かれ、隠すことでもなかったので正直に伝えると、零一は少し考えてこう言った。

「暖簾が出てたら客が入ってくるぞ。外の明かりも消しておけ」

うなずいた碧が照明のスイッチを切ると、零一みずから暖簾をとりこんだ。格子（こうし）戸に内鍵をかけると、今度は碧に目を向ける。

「前にも会った子だな。ここで働いてるのか？」

「は、はい！　玉木と申します」

「玉木さんか。この通り店は閉めたし、もうやることもないだろ。ちょっとはやいかもしれないけど、今日は退勤して帰りなさい」

「えっ？　でもその、雪村さん、体調悪いですし。このまま帰るのは」

大樹の体を心配した碧が、嬉しいことを言ってくれる。

「帰りたくない？　……ああ。もしかしてきみ、大樹の彼女か？」

ずばりと問いかけられ、碧は見るもあらわにうろたえた。大樹のほうもまた、不意打ちのひとことに固まってしまう。

「ち、ちが……。違います。わたしはただその、熱があるから放っておけなくて。雪村さんひとり暮らしだから、それで」

「零一さん、あんまりタマを困らせないでください」

見かねた大樹が口を挟むと、零一は「わかったわかった」と苦笑した。何を理解したのかはさっぱりだったが、零一は碧の肩をぽんと叩き、なだめるような口調で言う。

「そんなに心配なら、大樹のことはひと晩、俺が見ておくよ。――って、なんだその顔は。もしかして、これ幸いと悪さするとでも思ってるのか？」

「め、めっそうもない」

「さすがにそこまで鬼畜にはなれんよ。いまは一時休戦だ」

肩をすくめた零一は、本音を言っているように見えた。たしかに仕事もないのに、いつまでも碧をこの場にとどめておくわけにはいかない。大樹は彼女に「大丈夫だからタマは帰れ」とうながし、帰宅させたのだった。

「邪魔するぞ」

母屋に足を踏み入れた零一は、大樹に布団の置き場所をたずねると、和室に手早く寝床を用意してくれた。掛け布団にくるまると、とたんに眠気が押し寄せてきて、目が覚めたのがついさっきというわけだ。

畳の上にあぐらをかいた零一は、丸盆に載っている食器に目を落とした。

「気分、少しはよくなったか？　腹に入れられるなら食っておけ」

「これは……」

「パンプディングだよ。台所にあった食材をちょいと拝借した。生クリームは入ってないから、胃もたれもしないだろ」

白い湯気が立つ耐熱容器からは、ふんわりと甘い香りが放たれている。商店街のパン屋で買ったバゲットが残っていたので、それを使ったのだろう。

「いただきます」

角切りにした熱々のバゲットを口に入れると、紅茶の香りが鼻を通り抜ける。これは少し前、英国に旅行した蓮からもらった茶葉だろう。牛乳と卵、煮出した紅茶と砂糖を混ぜた液にバゲットを浸し、輪切りのバナナも加えて焼き上げたプディングは、予想以上に美味だった。上にかかったメープルシロップを絡めて食べると、よりおいしい。

「美味いですね、これ」

素直な賛辞を伝えると、「あたりまえだろ」と答えが返ってくる。叔父がつくった料理を食べたのははじめてだったが、なるほどたしかにプロの味だ。

「零一さん、ほんとに料理人だったんだな」

思わず口に出してしまうと、零一が心外だと言わんばかりに眉を寄せる。

「そんなことで嘘なんかつかん」

「まあ、そうでしょうけど。零一さんと料理がなかなか結びつかなくて」

「俺としては、同じ台詞を返したいがな。……でもなんというか、俺も大樹も行き着くところが料理だったっていうところに、じいさんの怨念を感じる」

「怨念って。そんな言い方したら、日吉の曾祖父がかわいそうですよ」

苦笑する大樹をちらりと見た零一は、おもむろに室内を見回した。

「あのマンションを売ってから、親父とおふくろはこの家に住んでいたんだな……」

感慨深げな声が、静まり返った室内の空気を震わせる。

十二年前、叔父はこの家に来たことがあった。そのときは亡き祖父の遺産について協議するためだったので、じっくり中を見ている場合ではなかったのだろう。

「もしかして、猫でも飼ってたのか？　そこの柱に爪とぎの跡がある」

「だいぶ昔のことですけどね。オス猫が二匹いました。どっちも祖父が亡くなる前の年に寿命がきて……。それ以降は何も飼ってません」

「そうか。おふくろ、一軒家なら猫と住めるのにって言ってたからな」

愛猫たちを喪った祖母は深く悲しみ、もう生き物は飼わないと決めていた。家の中を猫が歩き回ることはなくなったが、いまはときおり、庭に武蔵と虎次郎がやってくる。もし祖母が生きていたら、どちらも可愛がったことだろう。

会話が途切れ、大樹はふたたびプディングにスプーンを差しこんだ。

一時休戦というのは本意だったようで、いまの叔父からは、以前のようなとげとげしい雰囲気は感じられない。布団を敷いて食事をつくってくれたことからも、その気持ちがうかがえる。無精ひげのせいもあり、どこか荒んだ印象があったのだが、いまはひげもきちんと剃っていて、おだやかに見えた。

お互いがよく知っている人たちの昔話をしたからだろうか。沈黙が続いても、気まずさや息苦しさはあまりない。まさか叔父とこのような時間を共有する日が来るとは思ってもみなかったが、不思議と嫌な気分にはならなかった。

やがてプディングを食べ終わった大樹は、「ごちそうさまでした」と言って、容器を置いた。零一が新しいTシャツを持ってきてくれたので、それに着替える。

「なんか……いろいろすみません」

「かまわんよ。終電はもう出てるし、むしろ泊めてもらわないと困る」

「うちに来たのは、例の件を話し合うためですよね？」

「いや、今日は別の用事があったから、ここは軽い様子見のつもりだったんだが……。まあどっちにしても、いまはやめておこうか。いくら俺でも、相手が弱ってるときに重たい話なんてしたくないしな」

こちらを気遣ってくれるのはありがたかったが、だとしたら、いったい何を話せばいいのだろうか。少し考えてから、大樹は「あの」と声をかける。

「パンプディング、ありがとうございました。零一さん、洋食の料理人だったって聞いてますけど、和食や中華もつくれるんですか？」

「そうだな。ある程度なら」

零一は空になった容器を見つめながら続ける。

「パンプディングはめぐみが子どものころ、風邪を引いたときにつくってたんだ。お粥は嫌だ、甘いものが食べたいって駄々をこねられて」

「めぐみ？」

「うちの娘だよ。そういやおまえと同い年だな」

自分の携帯をとり出した零一は、「なかなかの美人だぞ」と言いながら、保存してあった写真を見せる。どこかに旅行したときの写真なのだろう。すらりとした長身で、活動的な服に身を包んだめぐみは、なかなかどころか女優のような美人だった。

「こんなきれいな人が、零一さんの娘……？　信じられない」

「失敬な。母親似なんだよ」

「隣にいる人は奥さんですか？　めぐみさんとは似てないけど……」

「再婚相手だからな。めぐみの母親は、二十四年前に事故で亡くなってる」

大樹は驚いて顔を上げた。二十四年前といえば、自分たちはまだ五歳ほど。そんなに幼いときに、彼女は母親を喪ってしまったのか。

「再婚したのはいつなんですか？」

「十年前だ」

ということは、叔父は娘が高校を卒業するまで、ひとりで子育てをしたのだ。娘がいることは聞いていたが、詳しい事情を知ったのははじめてだったので、心の中にさまざまな感情が生まれる。奥さんを早くに亡くし、自分の店も失って……。夢を追って家を出て行ったが、多くの人がそうであるように、叔父も順風満帆(じゅんぷうまんぱん)とはいかなかったのだ。

「……いまさらだけど、これでも親父には感謝してるんだ」

仏間に目を向けた零一は、ぽつりと言った。

「親父のおかげで、めぐみは大学に行けたから」

「どういうことですか?」

「親父が亡くなったときに、遺産を分けてもらっただろ。あの金で、めぐみを大学にやることができたんだ。あいつは大学に入って管理栄養士の資格をとりたいって言ってたんだが、俺の稼ぎが少なかったせいで、学費がつくれなくてな」

国公立ならともかく、私立は厳しい。零一が打ち明けると、めぐみは「だったらまずは就職して、自分でお金を貯めてから行くよ」と言ってくれたそうだ。そんなときに、父親が亡くなったという連絡が入ってきた――

「学費を稼ぐ必要がなくなったから、めぐみも勉強に集中できたんだ。おかげで無事に卒業できたし、資格もとれた。いまは保育園で働いてるよ」

（そんなことがあったのか……）

大樹が叔父とはじめて顔を合わせたのは、祖父の葬儀のときだった。後日、遺産分割の協議が行われると、叔父は「親の財産を子どもが受け継ぐのは当然じゃないか。それの何が悪いんだ」と言って、悪びれることなく祖父の遺産を相続した。

権利が保障されていても、感情では納得できない。大樹たちの目には、叔父は都合のいいときにだけあらわれる、自分勝手な親族としか見えなかった。

しかしいまは――

「そんな事情があったなら、なんでそのときに言ってくれなかったんですか。黙って遺産だけ持って帰るから、いらない誤解を生んだんですよ？」

「本当のことを話して、親戚から同情を買うのが嫌だったんだよ。ひとり娘を大学に行かせることもできない、甲斐性（かいしょう）なしの父親だって思われるのもな……」

当時の記憶がよみがえったのか、零一は苦い表情になる。

その姿を見ているうちに、大樹の頭に根本的な疑問が浮かんだ。

（もし零一さんが今後、金を手に入れたとしたら。いったい何に使うつもりなんだ？）

これまではそれを考える余裕がなく、ただ大金をほしがっているという事実しか見えていなかったけれど。もしや今回も自分ではなく、誰かのために……？

「零一さん、あの――」

「そういえば、大樹」

　口を開きかけたとき、零一の声と重なった。お先にどうぞと譲る。

「さっき、玉木さんが帰る前に聞いたんだがな。明日……いやもう今日か、貸し切り予約が入ってるんだって？」

「あ……そうだ。朝になったら会長に電話しないと」

　顔をしかめた大樹は、十一時に親睦会の予約を受けていたことを話す。梅雨の時期は全体的にお客の入りが悪くなるため、売り上げも厳しくなる。皆で力を合わせて乗り切ろうと幹部が集まり、結束力を高めているのだ。

（まあ、それは表向きの理由で、実際はただの宴会みたいなものだけど）

　会長をはじめ、商店会の人々は、「ゆきうさぎ」で行われる親睦会をいつも楽しみにしてくれている。それなのに、こちらの都合でキャンセルするのは申しわけなかった。

　ため息をつくと、零一がふたたび話しかけてくる。

「予約は何人なんだ？　品数は決まってるのか」

「え？　ええと……。人数は六、いや七人です。彰三さんも来るみたいだから」

「彰三？　ああ、あの蟒蛇(うわばみ)じいさんか」

「幹部じゃないけど、なぜかいつも数に入ってるんですよ。料理の下ごしらえは終わってます。リクエストの角煮も用意したし……。あとは当日、揚げ物を二、三品つくるつもりで、鶏肉(とりにく)と魚介類を買っておいたんですけど」

食材と料理のリストを見せてほしいと言われたので、首をかしげながらも、ノートをしまった場所を教える。貸し切り予約を受けた際は、あらかじめ提示した料金に見合った食材を仕入れて調理しているため、詳細を書き留めているのだ。

店の厨房からノートを持ってきた零一は、ふたたび大樹の前に腰を下ろした。中を開くと、真剣な表情で読みこんでいく。

(なんなんだ……?)

しばらく待っていると、やがて零一が顔を上げた。こちらを見据えるその両目は、自分よりもはるかに長い年月を厨房で過ごした、立派なひとりの料理人のもの。

「なあ大樹、もしおまえが許すなら―――」

零一の申し出に、大樹は思わず自分の耳を疑った。

二日前から降り続いていた雨は、朝が来るころには止んでいた。

仏間に布団を敷いて休んでいた零一は、早朝に目を覚まして起き上がる。寝具をまとめて部屋の隅に置くと、隣の和室に通じる襖をそっと開けた。東向きの窓から朝日が差しこむ室内で、大樹は静かに眠っている。

零一は枕元に膝をつき、甥の額に手をあてた。

（熱は……だいぶ下がったな。でもまだ微熱があるか）

悪化することなく、順調に回復しているようでほっとする。咳やくしゃみはしていなかったから、風邪というより疲れが体に出たのだろう。零一がつくったパンプディングをきれいに平らげていたし、食欲があるなら大丈夫ではないかと思う。

ぐっすりと眠る大樹を起こさないよう、和室を出た零一は、まずは浴室を借りることにした。厨房に入る可能性があるため、体は清潔にしておかなければならない。バスタオルがある場所は教わっていたので、一枚とり出して浴室に向かった。

熱い湯を浴びてさっぱりしてから、台所で朝食の支度をする。

食材は好きに使っていいと言われたが、たとえ身内の家とはいえ、贅沢なことはできない。零一は残っていたバゲットをトースターで焼き、ジャムを塗って頬張った。ひとり用の土鍋を見つけたので、大樹には和風の味つけで雑炊をつくる。

（こんなものか。あとは……）

火を止めた零一は、仏間に戻った。仏壇の前に正座をして手を合わせる。

十二年ぶりにこの家に上がり、こうして遺影と向き合う自分を見て、亡き両親は何を思っているのだろう。

（おふくろ……。葬儀のとき、見送れなくてごめん）

母にはこちらから定期的に電話をかけていたが、自分の住所は教えなかった。この十二年の間に何度か引っ越しもしたため、母が亡くなったとき、大樹たちはこちらの足取りをたどれなかったのだ。

東京の近隣に移住したことで、会おうと思えばすぐに会えると、心の中では安心していた。数年後に母の死を知ったとき、もっとはやく住所を教え、めぐみとも会わせておけばよかったと後悔したが、すべては後の祭り。親はいつまでもそこにいるわけではない。そんなあたりまえのことを、心のどこかで他人事だと思っていた。

自分の親だけはずっと変わらず生き続けるなど、ありえないことだったのに――

（俺だって、本当はこの土地をどうこうなんてしたくない）

数日前に起きてしまった、めぐみとの口論が脳裏をよぎる。

今回の件は、娘にはもちろん、妻にも話していなかった。黙っていたのはめぐみが指摘した通り、後ろめたさがあったからだ。

大樹に送った書類は、自分と郵便局の保管用も合わせて、三通作成していた。そのうちの一通を家に置いていたのだが、まさかめぐみに見つかってしまうとは。

あのときは動揺して、娘の前で声を荒らげてしまった。子どものころに叱ったときでもあんな大声を出したことはなかったから、ショックだったに違いない。結局その後もぎこちない雰囲気のまま、めぐみは長崎に帰っていった。

自分はいったい何をやっているのだろう。「紫乃のため」を免罪符に動いていたが、このことを知ったら、果たして本人はどう思うのか。めぐみに知られてしまったので、いつかは紫乃の耳にも入るかもしれないと考えると、一気に心が重たくなる。

(何が正しい道なのか、よくわからなくなった……)

ため息をついた零一は、仏壇に金平糖のあじさいを供えた。この家に来る前、駅ビルの和菓子屋で売っていたのを見て、なつかしくなって買ったものだ。母は小さくて可愛らしいものが好きだったから、少しはよろこんでくれるだろうか。

立ち上がろうとしたとき、奥の部屋から小さな電子音が聞こえてきた。大樹の携帯にメッセージが届いたらしく、目を覚ました甥が画面を確認している。

「あ、零一さん。おはようございます」

「おはよう。体調はどんな感じだ?」

「だいぶすっきりしました。まだちょっと頭がふらふらしますけど」

「そうか。熱は下がったみたいだし、もうしばらく休めばよくなるだろ」

はいと答えた大樹が、ゆっくりと上半身を起こした。

「いま、タマから連絡が来たんですけど」

「タマ?」

「ゆうべの子ですよ。会長の許可が出たら店に来て、準備を手伝ってくれるそうです。タマは商店会の人たちとも顔見知りだし、俺がいなくてもうまくやれるはずだから」

「へえ……。なかなか仕事熱心な彼女候補じゃないか」

「なんですかそれ。誤解しないでくださいよ」

照れ隠しなのかそっぽを向いた大樹が、ふらつきながら立ち上がった。携帯を操作して耳にあてると、縁側につながる障子を開ける。庭には二匹の猫が座っていて、エサでも待っているかのように、じっとこちらを見つめていた。

「——あ、会長ですか? 雪村です。朝はやくにすみません」

しばらく電話口でやりとりしていた大樹は、やがて通話を終えた。零一と目を合わせると、「承諾(しょうだく)してもらえました」と言う。

「申しわけないけど、お願いできますか? 最後に確認するので」

「ああ、まかせておけ。準備が終わったら教える」

零一が答えると、うなずいた大樹は庭に視線を戻した。

「今日は早起きだな。エサ持ってくるから、ちょっと待ってろよ」

猫たちに向けて、大樹は親しげな口調で話しかける。

飼い猫はいなくても、通いの猫はいるらしい。その微笑ましい光景に口角を上げた零一は、大樹から借りたエプロンを手にして「ゆきうさぎ」に入った。

きちんと片づけられた、無人の厨房。業務用の大きな冷蔵庫や調理台を見ると、手放してしまった自分の店を思い出す。店主の代理とはいえ、ふたたびお客のために腕をふるうことができるのかと考えると、心の底からよろこびが湧き上がってきた。

(俺はやっぱり、料理から離れることはできないのかもしれないな)

大樹が熱を出し、翌日の宴会をキャンセルしようとしたとき、零一は自分が代わりに料理をつくろうかと申し出た。大樹が用意するつもりだったメニューは自分もつくることができたし、ある程度は下ごしらえも終わっているという。何よりも、お客が宴会を楽しみにしていると聞いてしまえば、同じ料理人として放ってはおけなかったのだ。

宴会の主催者は、大樹の叔父だという零一を信用し、代わりに料理をつくることを許してくれた。その期待を裏切るわけにはいかない。

気合いを入れた零一は、大樹が仕込みをしていた料理を丁寧に仕上げていった。

ちらし寿司に自家製ピザ、たっぷりの野菜と鶏肉を使ったサラダに豚の角煮。調理に没頭していると、やがて出入り口の格子戸が静かに開いた。「おはようございます」と挨拶した小柄な女の子が、遠慮がちに近づいてくる。

「あの、お話は雪村さんから聞きました。わたしもお手伝いさせてください」

「玉木さんだったか。定休日なのに悪いな。助かるよ」

碧という名の彼女は、エプロンをつけて手を洗ってから、厨房に入ってきた。この店で働きはじめて三年になるそうで、思っていた以上に手際がよい。身長が低めの碧が隣に立つと、まだ少女だったころの娘と、並んで台所に立った記憶がよみがえる。

(いまのめぐみは一七〇近くあるからな……。あのころは小さくて可愛かった)

中学に入ってしばらく経つと、めぐみは「私、お料理ができるようになりたいな」と言ってきた。調理実習や友だちとの菓子づくりなどで興味を持ったのだろう。簡単なものを教えてやると、嬉しそうに料理をしていた。

ささやかだけれど幸福だった、娘とのひととき。在りし日の光景を思い出しながら、零一はメイン料理の準備にとりかかった。リストにはない品だったが、大樹の許可を得て入れてもらえることになったものだ。

「次は何をつくるんですか?」

「あじさい揚げ」

　碧がきょとんとした顔になった。関東の子にはなじみがないかもしれない。

「白身魚とか海老のすり身でつくった団子に、角切りにした食パンの衣をつけて揚げたものだよ。鹿の子揚げとも言うな。長崎の卓袱料理のひとつで、あじさいに見立ててそう呼ぶようになったんだ」

「しっぽく料理?」

　これもまたはじめて耳にする言葉だったようで、碧が小首をかしげる。

「卓袱っていうのは食卓を意味する。宴会の食事様式のひとつと言えばいいのかね。朱塗りの円卓を囲んで、大皿に盛りつけた料理を小皿にとり分けて食べる様式だ。これは中国とか南蛮の作法を融合させて生まれたスタイルなんだよ。日本式だと、ひとりぶんの食事をお膳の上に載せるだろ」

「ああ!　旅館に泊まると、夕食がお膳で出てくることありますね」

「宴会場で食べる場合はそうなるな。明治維新後は西洋式が広まったから、いまの時代にお膳を使うのは、旅館や料亭くらいだが。まあそれはともかく、あじさい揚げなら時季的にぴったりだろうと思ってな」

「お花に見立てるなんて素敵ですね。どんな味がするんだろ」

あじさい揚げの団子は、海老の殻（から）と背ワタをとって、ハンペンと卵白、そして調味料を加えてすり合わせてつくる。ハンペンが入っているので、嚙んだときにふわっとした食感を楽しめるし、香ばしい衣のサクサクとした歯ざわりを堪能できるところもいい。

丸めた海老団子には、小さな角切りにした食パンの衣をまぶしていく。下ごしらえが終わると、コンロに置いた鍋に揚げ油をそそいだ。一七〇℃になったところで菜箸（さいばし）でつかんだ団子を入れていく。

「ああ、いい匂い……」

周囲に油の香りが広がり、碧が幸せそうに目尻を下げる。心地のよい幸福感に浸りながら、零一はきつね色に揚がったところで鍋から出した団子を、網がついたバットに載せて油を切った。

できあがったあじさい揚げは、懐紙（かいし）を敷いた大皿に見目よく盛りつけ、あしらい用の葉を飾る。最後にくし切りにしたレモンを添えれば完成だ。

「少し多めにつくったから、玉木さん、味見してみるか?」

「え、いいんですか?」

碧は爛々（らんらん）と目を輝かせながら食いついた。そんなに腹が減っていたのだろうか。

「火傷しないように気をつけろよ」

　調理台の上に小皿を置くと、碧は軽くレモンをしぼってから箸をとった。半分に割ったあじさい揚げを、大きな口を開けて豪快に頰張る。からりと揚げた衣の食感には自信があった。さくっという音が聞こえてきた瞬間、零一の口元が自然とほころぶ。

「あちち……でもおいしい！　中のお団子がふわっふわですね！」

「海老の旨味がよく出てるだろ。レモンの酸味とも合うしな」

　大皿を小上がりの座卓に置いた零一は、最後に角煮の仕上げをした。とろとろの豚肉を器に盛り、同じ鍋で煮込んだ半熟卵を添えてから、白髪ネギと木の芽で飾りつける。角煮は卓袱料理のひとつでもあるから、あじさい揚げにはちょうどよい。

「ふう……。これで最後かね」

「わたし、雪村さん呼んできますね」

　すべての支度が終わると、碧が母屋に向かう。

「──零一さん、お疲れさまでした」

　しばらくして、数時間前よりもしっかりとした足取りの大樹が店内に入ってきた。座卓に並べられた宴会料理を確認し、味見をする。あじさい揚げを口にしたときは、驚いたように目を見開き「美味い」と言った。

「これ、あとでレシピを教えてもらえませんか？　お品書きに入れたい」

「ですよね！　わたしもさっき味見したら、ものすごくおいしくて！」

自分がつくったあじさい揚げを、大樹と碧は心から褒めてくれた。味見を終えた大樹は満足そうにうなずくと、零一をまっすぐ見据えて微笑む。

「これなら商店会の人たちにもよろこんでもらえると思います」

「楽しみですね。みんなどんな顔するのかな」

そうこうしているうちに十一時となり、予約客が連れ立ってやってきた。

「大ちゃん、来たぞー」

「いらっしゃいませ。お待ちしてました」

暖簾をくぐって入ってきたのは、若者から年寄りまで、幅広い年齢がそろった七人の男女。先頭に立っていたのは、以前にこの店で一緒に飲んだ蟒蛇……もとい彰三だ。大樹が零一を紹介すると、顔立ちが似ていることもあるせいか、興味津々(しんしん)といった表情の人々にとり囲まれてしまう。

「大ちゃんの叔父さんってことは、つまり女将(おかみ)さんの息子？」

「零一さん、なかなかの男前じゃないの。『ゆきうさぎ』の女将さんと大ちゃんには、昔からそれはもう世話になりっぱなしでねえ」

「今日の料理、あんたがつくったんだって？　たしか女将さんの父親も、食堂か何かやってただろ。なんて名前だったかな」

「ひよし食堂でしょ。宇佐美さんは筋金入りの料理人一族だったのねー」

それぞれが好き勝手に話しはじめてしまい、零一が困惑していると、彰三が大きな音を立てて両手を叩いた。

「おい、宇佐ちゃんが困ってんだろ。質問攻めはそのくらいにしてやりな」

「う、宇佐ちゃん……？」

目を白黒させる零一にかまわず、彰三は「まずは乾杯だろ」と言って、グラスを手にした。その一声で商店会の幹部たちは小上がりに集まり、飲み物が入ったグラスを持つ。

「ほれ会長、出番だぞ」

「えー、それでは商店街のさらなる発展と皆の健康を願って――乾杯！」

会長のかけ声とともに、グラスが触れ合うさわやかな音が、そこかしこで響いた。

にぎやかな宴会がはじまると、人々は大樹と零一がつくった料理に舌鼓を打つ。家族以外の人に、あじさい揚げを食べてもらうのは何年ぶりだろう。おいしそうに頬張るお客の姿を見ていると、胸の奥で熱い何かがよみがえった。

――自分はきっと、祖父や母、そして甥と同じく、根っからの料理人なのだ。

「零一さん、今回は本当にありがとうございました」

厨房で彰三がお代わりした泡盛の準備をしていたとき、大樹が話しかけてきた。

「おかげで親睦会も盛り上がってるし、キャンセルにならなくてよかったです」

「いや……礼を言うのはこっちのほうだ」

ゆっくりとふり返った零一は、大樹――「ゆきうさぎ」の店主と向かい合う。

同じ料理人として、大樹の腕は認めている。母が後継者として選んだのなら、それは正解だったと、いまは思う。母は「ゆきうさぎ」を引き継ぐことを条件に、大樹にこの土地を遺贈したのだから、その遺志を踏みにじるような真似はしたくない。

そう思ってしまうと、もう、鬼になることはできなかった。

カウンターに手を伸ばした零一は、そこに飾ってあった母の写真に目を落とす。

ずいぶん迷走してしまったが、ようやく大事なことを思い出せた。自分は大樹や母のように、料理で誰かを楽しませたいのだ。だからどのような事情があろうとも、その舞台である店を、店主から奪うようなことをしてはいけない。

(宴会が終わったら、まずはめぐみに電話をしよう。それからあの書類を破棄して)

すべてが解決したわけではない。しかし零一の心は、梅雨が明けたときの空のように晴れ晴れとしていた。

終章　心が躍る店仕舞い

支度中

六月二十八日、十六時三十五分。

商店街に一軒だけあるパン屋にて、碧が会計を終えたとき、出入り口のドアがゆっくりと開いた。軽やかな鈴の音とともに入ってきた人を見て、「あっ」と声をあげる。

「雪村さん！　お買い物ですか？」

碧の姿に気がつくと、大樹はすぐに破顔した。

「ああ。明日の朝はパンが食べたくてさ」

「ここのパン、おいしいですよねー。バゲットとか、パリパリで大好き」

「食パンも美味いよな。耳までやわらかくて。うちのあじさい揚げに使ってるパンもこの店で買ってるんだ」

ついさきほど、本日最後の商品が売り出されたため、店内は焼きたてパンのいい香りが充満している。焼き上がり時間が明記されている塩バターロールは、このお店の一番人気だ。店内はこれを目当てにやってきた常連客でにぎわっている。

「タマはもう帰るのか？　買うものは決めてきたから、ちょっと待っててくれよ」

そう言った大樹は、トレーとトングを手にすると、一目散に塩バターロールの棚に向かった。トングで三個をつかみとり、隣に置いてあったビニール袋入りの天然酵母食パンを一斤トレーに載せてから、混み合うレジの最後尾に並ぶ。

ドアの近くで待っていると、やがて碧と同じ袋を持った大樹が戻ってきた。

「やっぱりこの時間は混んでるな。さて、帰るか」

(雪村さん、わたしと一緒に帰るために『待ってて』って言ったんだ)

何か用事があるわけではなく、ただ純粋にそれだけの理由で。

もちろん、何も言われなかったとしても待っているつもりだった。だからこそ、大樹のほうからそう言ってくれたことが嬉しくて、思わず頬がゆるんでしまう。

大樹が開けてくれたドアを通り、外に出ようとしたとき、あることに気づく。

「あーあ、降ってきちゃったかぁ……。夜まではもつかなって思ったのに」

ぱらぱらと地面を打つ雨に、碧は肩をすくめた。油断していたが、いまは梅雨まっさかり。いつ雨が降ってもおかしくないのだ。

「タマ、傘持ってないのか?」

「はい……。家を出るときは曇りだったから、ちょっとくらいなら平気かなって」

「じゃあ俺の傘に入っていけよ。大きめだからふたりでも大丈夫だし」

大樹は傘立てに手を伸ばし、紺色の傘を開いた。あたりまえのように「ほら」と手招かれ、少し恥ずかしかったが、「お邪魔します」と言って中に入る。

「よし、行くか」

同じ傘の下で、大樹と碧はふたり並んで歩き出した。大樹と相合傘(あいあい)をしたのはこれがはじめてというわけでもなかったが、何度目だろうと緊張する。

「そういえば昨日、零一(れいいち)さんから電話があったんだ」

ふいに話題をふられ、顔を上げる。

ちょうど「ゆきうさぎ」の前にたどり着いたときだったが、大樹はそこで立ち止まることなく、先へと進んでいく。どうやら碧の家まで送ってくれるようだ。今日は定休日なので、料理の仕込みをすることはない。

(雪村さんの叔父さんか……)

先代女将(おかみ)の遺産相続にまつわる顛末(てんまつ)は、少し前に大樹から聞いていた。

零一が心変わりをして、例の請求をとり下げたことを教えてもらったときは、心の底からほっとした。もしかしたら「ゆきうさぎ」がなくなってしまうかもしれないと危惧(きぐ)しただけに、あきらめてくれて本当によかったと思う。

「零一さん、なんて言ってたんですか?」

「転院と引っ越しの準備が終わり次第、こっちに来るってさ。紫乃(しの)さんの体調も考慮しないといけないし、詳しい日程はこれから決めるみたいだな」

「そうですか……」

「いつ来ても大丈夫なように、うちも大掃除しておかないと」

（それにしても、まさか雪村さんが零一さんと同居することになるなんてね）

大樹に気づかれないよう、碧はちらりとその横顔を見た。

零一の後妻である紫乃は現在、むずかしい病気と闘っているそうだ。

都内にその病気に詳しい医師がいる病院があり、零一は紫乃をそこに転院させようとしている。零一も近くでアパートを借りようとしていることを知った大樹は、「よかったら、しばらくうちに住みませんか？」と申し出たのだ。

「零一さんも知っての通り、部屋に空きはあるので」

大樹が祖母から譲られた一軒家は、ひとりで暮らすには広く、叔父を受け入れる余裕があった。紫乃が転院する予定の病院にも三十分以内で行けるため、お見舞いに関しても以前よりはずっと楽になるだろう。

「毎月の家賃は馬鹿になりませんよ。うちに来るなら家賃はとらないので、浮いたぶんは治療費の足しにしてください。今後もずっと東京で暮らすなら、いずれは新しい家を見つける必要がありますけど。いまは紫乃さんの転院が最優先でしょう？」

「ああ。できれば本格的な夏が来るまでにはすませたい」

「だったら悩んでる時間はないかと」

「それはありがたいが、本当にいいのか？　大樹にはさんざん迷惑をかけたのに」

「困ったときはお互いさま——って言いたいところなんですけど、実は交換条件をつけようと思ってます」

「交換条件？」

首をかしげる零一に、大樹はにっこり笑ってこう言った。

「条件はひとつです。うちに住む代わりに、『ゆきうさぎ』で働いてください」

「え……」

「言い換えれば、住み込みの従業員です。実は最近、少し事業の幅を広げたいって思ってたんですよ」

目を丸くする零一に、大樹は詳しく説明する。

「料理人がふたりいれば、定休日なしに営業ができます。いまは休みにしてますけど、土日の昼営業も可能になりますね。高齢のお客さんのために、料理の宅配サービスなんかもやってみたくて。零一さんの専門は洋食だから、メニューの幅も広がります」

新しいことをはじめれば、それだけ売り上げも期待できる。もし受けてくれるなら、正規で雇うつもりだと伝えると、零一はただあぜんとしていたらしい。

「おまえ、本気か？」

「もちろんです。冗談でこんなこと言いませんよ」

　さすがの零一も、まさか住居だけではなく、仕事の世話までしてもらえるとは思わなかったのだろう。考えた末に大樹の申し出を受けた零一は、「恩に着る」と言って、大樹に向けて深々と頭を下げたそうだ。

　対立はしたけれど、大樹と零一は、料理人としての性根が同じような気がしている。一緒に働くようになれば、意外と息の合ったパートナーになるかもしれない。

「零一さん、紫乃さんの実家に援助を申しこみに行くって言ってたよ。そっちはわりと裕福みたいだから。ただご両親はもう亡くなってるし、疎遠のお兄さんしかいないから、受け入れてもらうにはちょっと時間がかかりそうだけど」

「そっか……。やっぱりこれからも大変なんですね」

　零一が遺産をあきらめても、紫乃にかかる治療費は変わらない。何もかもがうまく行ったわけではないけれど、零一は自分にできることを全力でやろうとしている。その努力が報われてほしいと願わずにはいられなかった。

「指定難病なら医療費の助成制度があるし、めぐみさんの知り合いに社会福祉士がいるらしいから、そのあたりも相談していくんじゃないかな」

「そういえば、めぐみさんって雪村さんのいとこなんですよね？」

「ああ。同い年だけど、誕生日はめぐみさんのほうがはやいんだ」

「このまえ写真見せてもらったじゃないですか。女優さんみたいにきれいだからびっくりしちゃった。ご結婚は秋でしたっけ」

「式にはうちの家族も招待してくれるみたいなんだ。会うのが楽しみだな」

大樹はやわらかく微笑(ほほえ)んだ。

三カ月前、はじめて零一と会ったときは、こんな結末が待っているなんて思いもしなかった。それほどまでに険悪な雰囲気で、大樹も顔をこわばらせていたから。

けれどいま、大樹はいつも通りのおだやかさをとり戻している。それが嬉しくて、碧はほっと胸をなで下ろした。

車が行き来する大通りを離れると、あたりはとたんに静かになった。

「あ、ほら、雪村さん。あじさいですよ」

道端にはピンク色の花が咲いていた。しっとりとした雨に濡れたあじさいは、晴れたときに見るより美しい。まさに梅雨の季節にふさわしい花だ。

「あじさいか……」

つぶやいた大樹は、ふと何かを思い出したかのように、自分の手元に目を落とした。彼はパンの袋のほかにもうひとつ、小さなビニール袋を持っている。

「これ、さっき『くろおや』で買ったんだ。タマにやるよ」

袋からとり出されたのは、あじさいを模した金平糖だった。ちょうどいま見ているようなピンク色で、小さな金平糖がぎゅっとまとまっていて愛らしい。

「可愛い！　もらってもいいんですか？」

「もらってくれないと困る。タマのために買ったんだから」

さらりと放たれた言葉にどきりとして、どう答えていいのかわからず押し黙る。うろたえる碧を見て、大樹も我に返ったのか、ふいと視線をそらした。

気まずいというよりも、恥ずかしくてくすぐったいひととき。何か話をしなくてはと思い、碧が口を開きかけたとき、一瞬はやく大樹が言った。

「……あのさ」

「は、はい」

「試験が終わったら、どこか遊びに行かないか？　タマは学生最後の夏休みだろ」

「ああ、いいですね！　いつもみたいにミケさんと蓮さんも誘って」

「いや……そうじゃなくて」

すかさず答えた大樹が、足を止めた。つられて立ち止まった碧と目を合わせる。

「ふたりでだよ」

きょとんとしていると、大樹は碧に渡した金平糖に目を向けた。

視線がゆっくりと上がっていき、今度は右手を伸ばしてくる。髪の結び目につけているシュシュに触れられた瞬間、直接さわられてもいないのに、鼓動が高鳴った。

「言っておくけど、こういうもの、誰にでも買ってるわけじゃないからな。相手がタマだから渡したかったたし、よろこぶ顔も見たかった」

「……………」

「欲を言えば、これからも見たいと思う。タマが卒業して、『ゆきうさぎ』のバイトを辞めたあとも。お客として来るとは言ってたけど、それじゃ足りない。声が聞きたいときに電話ができて、会いたいときに会えるような関係になりたい」

言葉を切った大樹は、少したためらってから、意を決したように言う。

「つまり……好きなんだよ。タマのことが」

はっきり告げられると、たまらず頬がかあっと熱くなった。

(好き？　雪村さんが、わたしのことを？)

大樹とはじめて顔を合わせたあの日から、三年余り。いくつもの季節をふたりで過ごしているうちに、小さな種だった碧の気持ちはゆっくりと、確実に育っていった。そして自覚をしたことで、ついに花開いたのだ。

しかし、大樹が自分をどう思っているのかはいまいちわからなかった。彼も碧と同じ気持ちを抱いてくれていることを知り、心の底から嬉しさがこみ上げてくる。

うつむいた碧は、「あの」と蚊が鳴くような声を出した。

「い……いつからでしょうか。その、わたしをそう思ってくれるようになったのは……」

「気づいたのはタマに髪留めを渡したときだよ。七月の試験が終わるまでは言わないでおこうと思ったんだけど……。まあ、こういう勢いも必要だよな」

大樹は照れくさそうに笑って、話を続ける。

「いますぐ返事がほしいわけじゃない。試験が終わったあとでいいから、これからのことを考えてみてくれないか」

「……」

「俺がこんなこと言うのもなんだけど、いまはやるべきことに集中して――」

「あの、雪村さん！」

大樹の言葉をさえぎった碧は、がばっと顔を上げた。

返事を保留するなんて、そんなことできない。だって自分の気持ちは、ずっと前から決まっている。大樹はきちんと告白してくれたのだ。春に告げられなかった想いを伝えるのは、いましかない。

金平糖を持つ手に力を入れた碧は、大きく息を吸い、返事を告げた。

「わたしも雪村さんのことが好きです。だからこれからも一緒にいたいです！」

本当は大樹のように、自分の気持ちを丁寧に伝えるつもりだった。

しかし口から飛び出したのは、あまりにもストレートな想い。恥ずかしくていまにも顔から火を噴きそうだ。それでも声に出した言葉は、嘘偽りのない自分の本心。

ぽかんとしていた大樹は、何を言われたのかを理解すると、「ありがとう」とつぶやいた。嬉しそうに口角を上げる。

「試験、頑張れよ」

「はい！」

微笑みをかわした碧と大樹は、ふたたび並んで歩き出した。

軽く触れ合った手が自然とつながれ、お互いにぎゅっと握りしめる。梅雨寒の中、つないだ手がぽかぽかとあたたかい。


もうすぐ夏がやってくる。新しい扉を開いたふたりのもとに。

筑前煮

材料(4人分)

鶏もも肉…… 1枚(200〜250g)
里芋………… 小8個
ごぼう……… 1/2本
れんこん…… 1節
にんじん…… 1本
干し椎茸…… 小8個
絹さや……… 8枚

水…………… 2〜3カップ
酒…………… 100cc
砂糖……… 大さじ2と1/2
しょうゆ……… 大さじ4
ごま油……… 大さじ1

下準備

❄ 干し椎茸をカップ1の水（分量外）につけ、30分以上戻す。

❄ 鍋に湯を沸かす。

❄ 里芋の皮をむき、熱湯に10秒くぐらせて網で水に取り、ぬめりを取る。

❄ 同じ鍋に、大きめのひと口大に切った鶏肉をくぐらせ、表面が白くなったら氷水に取り、キッチンペーパーで水気をふく。この湯は捨てる。

❄ ごぼうは乱切り、れんこんは乱切り、または花れんこんに切る。にんじんは梅型に抜く。

❄ 鍋に湯をわかし、ごぼうを入れて3分茹で（ごぼうと同時に絹さやをさっと茹でて氷水に取り）、にんじんを加えて3分茹でてざるに上げる。

❄ もどした干し椎茸の軸を取り、半分に切る。

❄ クッキングペーパーで落し蓋を作る。鍋の大きさに合わせて円形にし、真ん中に直径3cmの穴をあける。

作り方

① 深めの鍋にごま油を入れ、強めの中火でごぼう、にんじん、れんこん、椎茸を炒める。

② 干し椎茸の戻し汁と、水カップ2〜3、酒、砂糖を加える。水の量はひたひたでほんの少し具が出るくらいがよい。

③ 落し蓋をし、強火にして沸かす。よく沸き立ってから3分煮て、落し蓋をめくって上に鶏肉と里芋をおき、また落し蓋をして約15〜20分煮る。落し蓋の下で、煮汁の沸いた泡が具にかぶさっている状態をキープ。煮汁が沸いていると、減っていても気づかないことがあるので注意。煮汁が減り焦げそうな場合は少量の水を足す。

④ 煮汁が、具の深さの1/2程度になったら、しょうゆを2、3回に分けていれ、その都度鍋をゆすって全体に行きわたらせる。味が調ったら2〜3分煮てできあがり。火を止めてから1時間以上おくとおいしくなる。盛り付けをして絹さやをあしらう。

ポイント

強火で煮ることと、砂糖、しょうゆを思い切って入れるのがコツ。そのかわりしょうゆを入れてから煮詰めすぎない。火を止めてから柔らかくなる分を見越しておくとよい。食べる前に少し温めて。

小料理屋「ゆきうさぎ」

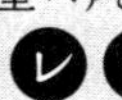

あじさい揚げ

材料（4人分）

海老…………8〜10尾（殻をむいて100g）
ハンペン……60g

★塩……………小さじ1/3
★砂糖…………小さじ1/2
★マヨネーズ……小さじ1
卵白…………大さじ1
片栗粉………大さじ2

サンドイッチ用の
食パン……………6枚
サラダ油（揚げ用）……適量
レモン

作り方

① 海老の背ワタと殻、尾を取り、水で洗って水気をよく拭く。

② 海老を包丁で細かく切って叩く。

③ すり鉢に②とちぎったはんぺんを入れ、★の調味料を加えてすり合わせる。

④ 卵白、片栗粉を入れてさらに混ぜる。

⑤ ④を12等分して丸め団子を作る。

⑥ 食パンを5mm角に切り、⑤の周りに隙間がないようにつける。パンが離れないよう軽く押さえて。

⑦ 鍋に揚げ油を入れて火にかける。深さが出るように、底が広すぎないものがよい。

⑧ 160〜170℃の低温で⑥を色よく揚げて、レモンを添える。

ポイント

団子のタネのついた手で角切りのパンを触らないよう、⑤で団子を全て作ってから⑥に進む。団子はまん丸の球体より少し平たくして、盛り付けの際に上になる部分を決めておき、その部分をきれいに仕上げる。

※この作品はフィクションです。実在の人物・団体・事件などにはいっさい関係ありません。

集英社オレンジ文庫をお買い上げいただき、ありがとうございます。
ご意見・ご感想をお待ちしております。

● あて先
〒101-8050　東京都千代田区一ツ橋2-5-10
集英社オレンジ文庫編集部 気付
小湊悠貴先生

ゆきうさぎのお品書き

あじさい揚げと金平糖

集英社
オレンジ文庫

2018年6月26日　第1刷発行

著　者　小湊悠貴
発行者　北畠輝幸
発行所　株式会社集英社
〒101-8050東京都千代田区一ツ橋2-5-10
電話【編集部】03-3230-6352
【読者係】03-3230-6080
【販売部】03-3230-6393（書店専用）
印刷所　凸版印刷株式会社

※定価はカバーに表示してあります

ISBN 978-4-08-680197-3 C0193